Un matin glacial

Martine Lady Daigre

Un matin glacial

© 2 020 Lady Daigre Martine
Édition : BoD - Books on Demand
12/14 rond-point des Champs Elysées 75 008 Paris
Imprimé : BoD – Books on Demand, Norderstedt
ISBN : 9 782 322 203 604
Dépôt légal : 2e trimestre 2 020

À mes fidèles lecteurs et lectrices de par le monde.
Un Grand Merci.

    Ce livre est un roman.
Toute ressemblance avec des personnes, des noms propres, des lieux privés, des noms de firmes ou d'établissements, des situations existant ou ayant existé, ne saurait être que le fruit du hasard.

1

Émilie Richier se regarda une dernière fois dans le miroir au-dessus du lavabo. Les iris bleus qui s'y reflétaient exprimaient une lassitude non feinte. Le visage anguleux maquillé à outrance semblait avoir été taillé à la serpe par les rides d'expression. Elle avait vieilli.

J'ai trente-huit ans et j'en parais cinquante, pensa-t-elle en fronçant les sourcils épilés de façon grossière. Je me suis négligée depuis quelque temps. Il n'aurait pas aimé cela. Il aurait détesté me voir enlaidi. Je dois absolument me prendre en main sinon je risque de perdre mon job et, avec la tronche que j'ai en ce moment, je ne convaincrai pas un nouvel employeur de m'engager en CDI. Il me faut adopter une stratégie en pensée positive. Facile à dire, pas facile à réaliser.

Choix multiples.

En un : va au diable, toi le psychiatre et tes maudits cachetons ; à la poubelle les boîtes d'antidépresseurs qui m'abrutissent le matin, et parfois, jusqu'au repas de midi ; le cycle infernal se reproduit d'une manière détestable qui m'insupporte. Fini d'être dans le brouillard ; à moi les idées claires.

En deux : terminé les économies ; j'arrête de pratiquer moi-même les colorations et je prends rendez-vous chez Sarah pour lundi avec une coupe en prime ; pas une coupe à la garçonne sinon je lui arrache sa paire de ciseaux, à la Sarah, et je la lui fais bouffer. Ce n'est pas parce que nous buvons le café ensemble qu'elle a carte blanche sur ma chevelure.

En trois : je profite d'un instant de répit dans le boulot pour lorgner les vitrines de la galerie marchande ; ou bien, j'irai trouver mon bonheur dans les magasins d'usines, je me vêtirai de vêtements de marque qui sont, je le sais, de la collection de l'hiver dernier ; autre solution, dans le pire des cas, j'opterai pour le centre-ville, j'étudierai les collections récentes selon le rapport qualité prix, je ferai chauffer la CB et je profiterai des festivités, les clients racontent que cela vaut le détour.

De bonnes résolutions en perspectives sauf que c'était à chaque fois pareil.

Un : le jour de son repos hebdomadaire, dès qu'elle était levée, elle secouait la tête pour chasser les idées noires comme un chien qui s'ébroue puis, au fil des heures, la motivation diminuait et se terminait par un « Je le ferai demain, aujourd'hui, je suis trop fatiguée, pas envie de mettre un nez dehors, je finalise la paperasse avant qu'elle ne s'accumule. »

Deux : pendant sa semaine de boulot, son horaire ne coïncidait pas avec l'ouverture des boutiques, ni avec leur fermeture, puisqu'elle commençait avant neuf heures et terminait souvent après vingt heures ; ce fait immuable contribuait à repousser la décision.

La jeune femme ouvrit le placard de l'entrée, s'empara de son manteau noir en laine, l'enfila, poussa du pied la porte dudit placard, déverrouilla la porte d'entrée, enclencha l'alarme de son appartement trois pièces au dernier étage de la résidence « Les Vergers », et appela Micha. Le spitz nain aux poils brossés du matin courut dans l'appartement rejoindre sa maîtresse en remuant la queue. La chienne jappa de plaisir devant la porte de l'ascenseur, attendant sagement la fin du rituel d'Émilie Richier : profond soupir entendu en même temps que la clé introduite dans la serrure.

Il était huit heures trente ; l'heure de la « pissette » des chiens ; uriner dans le gazon de la résidence pour le spitz nain qui y allait de bon cœur à se soulager, une autorisation que s'octroyait la propriétaire du trois pièces avant de partir bosser.

Micha grimpa sur le siège en cuir de la spacieuse DS 5, une luxueuse voiture alliant le confort et le dynamisme avec sa technologie de pointe, son élégance à la française, son raffinement répondant aux exigences de leurs propriétaires — de quoi faire des envieux sur son passage. Elle savait qu'elle devrait patienter un long moment avant de pouvoir gambader à nouveau. Elle contempla la conductrice d'un air interrogateur. Pourquoi n'était-il pas avec elles comme auparavant ? Avant, ils étaient trois à la maison ou trois dans la voiture. Elle aimait bien jouer avec lui et puis, un jour, il avait disparu. Il n'avait plus vécu avec Micha. Il n'y avait eu plus qu'une personne pour lui envoyer la balle en mousse, pour la prendre sur les genoux lorsqu'elle se couchait sur le canapé et pour la caresser.

Émilie Richier gratta la tête de sa chienne tout en conduisant.

— Ça va aller, tu sais. Ne te bile pas. Aujourd'hui, j'ai tourné la page.

Elle quitta la rue Franklin Roosevelt.

— Wouaf ! répondit Micha en guise d'acquiescement.

Vingt minutes plus tard, Émilie Richier se gara sur le parking réservé aux employés et aux représentants, dicta les recommandations d'usage à la chienne bien que cette dernière les connût par cœur, et fonça vers la porte de service — il faisait vraiment très froid en cette fin novembre.

Dans les vestiaires, la musique diffusée dans la grande surface l'enveloppa d'un coup. Jusqu'à présent, elle est supportable, marmonna-t-elle en accrochant son manteau sur un cintre. Dans un mois, je haïrai tous les chansonniers de la terre ayant écrit ces chants ringards de Noël ; je détesterai les clochettes des bénévoles d'associations en tous genres qui tintinnabuleront à côté de mon stand, et j'enverrai paître les clients indécis la veille du réveillon. Voyons un peu où Marcel a rangé mon stock de marchandises. J'ai dû recevoir ce que j'ai commandé au patron pour ce week-end. Ce dimanche number one sur les quatre qui ont été autorisés par l'état sera décisif. Il donnera la courbe des ventes à venir. Elle s'adressa à sa voisine de casier qu'elle ne connaissait pas.

— Salut. Sauriez-vous où est Marcel ?

— Salut. Je l'ai croisé dans la réserve des fruits et légumes lorsque je rechargeais les rayons il y a une vingtaine de minutes.

— J'y vais. Merci.

Dix minutes plus tard, sous le hangar contigu au bâtiment, un endroit à courant d'air, froid l'hiver et chaud l'été malgré l'isolation des murs et du toit par l'emploi de matériaux révolutionnaires à l'époque et obsolètes depuis, Émilie Richier chercha le responsable dans le dédale des rangs de palettes. Des odeurs de fruits et de légumes se mélangeaient à celle des souris crevées dans un coin. Étant donné la hauteur des caisses en bois, des cagettes et des cartons empilés, il lui fallut cinq autres minutes pour découvrir Marcel en train de comptabiliser la réception des produits, stylo et bons de livraison à la main. Sans se démunir de ses précieux outils, il vint à sa rencontre.

— Salut ma belle ! Je t'emmène vers ton coin. J'ai dû te caser ailleurs lorsque j'ai vu ton lot. Tu comptes vendre tout ça ?

— Salut vieux ! Et oui ! J'y compte bien ! J'ai augmenté la quantité par rapport à l'année dernière. J'ai besoin de faire du chiffre. Je me suis un peu laissé aller avec les événements qui se sont passés. Le big boss a été compréhensif, mais j'arrête de tirer sur la corde sinon elle pétera.

— C'est vrai ce que tu dis, ma belle. Bon, suis-moi et repère le trajet, car tu n'es pas à ton emplacement habituel.

D'un pas allègre, elle enregistra mentalement les bifurcations.

— Voilà. C'est là. À côté des patates. J'ai pensé que tu aurais moins de distance à parcourir avec le diable.

— Beau geste Marcel. C'est sympa de ta part. J'apprécie.

— Il n'y a pas de quoi. Je file. J'ai à faire avant le rush de dix heures.

L'homme s'éloignait en souriant. Il se demandait comment l'élégante femme arriverait à se sortir de son pétrin ; et il n'était pas le seul. Avec des ongles vernis, un tailleur jupe droite et des escarpins aux pieds, la représentante en vins et spiritueux évalua la difficulté à transporter la commande.

Sachant qu'elle avait prévu une quantité similaire chaque jeudi jusqu'au réveillon de la Saint Sylvestre, Émilie Richier opta pour une diminution du stock de moitié et s'arma de courage. Elle déplaça les caisses de bouteilles médaillées en premier. Elle décida que les grands crus et les champagnes seraient les derniers à être remués. Ayant misé non seulement sur des vins récompensés or et argent, grands crus et crus bourgeois, mais aussi sur des maisons de champagne renommées et des alcools forts en privilégiant les whiskys, les bourbons et les vodkas — il fallait plaire à la clientèle jeune, trentenaire et carrément septuagénaire si elle voulait remplir son tiroir-caisse et ça, elle savait comment y parvenir. Elle commença les allers et les retours jusqu'à l'allée centrale du magasin d'alimentation.

Le stress me vampirise, pensa-t-elle en poussant le diable. J'en ai ma claque de ces cartons et des abrutis d'en face qui ne font pas la différence entre un « Cheval Blanc » et un pinard à 12 euros et 86 centimes qui n'est même pas le tarif de mon champagne bas de gamme. Ce sont des ignorants, Émilie, alors, tu les ignores. Merde ! je frôle la crise d'hystérie. Je suis lamentable. Reprends-toi, ma fille. Tu dois finir avant le milieu de la matinée afin d'attaquer sur les chapeaux de roues.

En une demi-heure, elle fut en nage et ôta sa courte veste. Elle fit attention à ne pas salir son chemisier à jabot. Elle ignora les remarques moqueuses de ses concurrents qui arboraient fièrement un tablier au nom d'une marque subalterne par rapport aux siennes. Elle laissait cet accoutrement au sexe opposé ; des hommes qui s'identifiaient au pire à des cafetiers, au mieux à des cavistes. Elle n'avait jamais voulu ressembler à une épicière parachutée dans la grande distribution.

Au bout d'une heure, elle put enfin contempler son œuvre. Une succession de pyramides s'offrait à son regard. Les coupes à champagne sur leur présentoir s'élevaient vers le plafond et renvoyaient leurs reflets dorés vers les consommateurs. Elle avait aussi harmonieusement agencé les bouteilles étiquetées en misant, de manière discrète, sur les appellations et les classements au guide Hachette du Vin plutôt que sur les prix. Par ce stratagème, elle voulait attirer le client vers son stand comme une fourmi vers un pot dégoulinant de miel. Certains de ces prix s'avéraient être exorbitants et elle le savait pertinemment, d'où cette façon de détourner le regard vers l'étiquette prestigieuse. Ses voisins, les vendeurs masculins, qui connaissaient sa méthode de travail consistant à lustrer le poil du client en accordant une attention particulière à ses dires et en valorisant son ego, appréhendaient les conséquences d'une telle concurrente, à savoir leur piquer l'acheteur potentiel sous leur nez.

Nul n'aurait su dire qu'à la voir pomponnée et souriante, recoiffant sa chevelure ébène avec ses doigts manucurés, cette femme avait sué corps et âme en installant seule son étalage. Et les ventes commencèrent sur les chapeaux de roues. Plus elle vendait, plus elle souriait, et l'un n'allant pas sans l'autre, plus elle souriait, plus elle vendait, un contraste édifiant avec les autres stands à qui elle faisait de l'ombre, ces hommes avec leurs tabliers qui ne ricanaient plus et qui tiraient la tronche.

À treize heures trente, elle s'offrit une pause déjeuner et emmena la chienne en promenade.

À quatorze heures quarante-cinq, elle revint affronter les clients de l'après-midi, ceux qu'elle n'appréciait pas, car ils déambulaient plus qu'ils n'achetaient. Elle était justement en train de vanter les remises exceptionnelles accordées sur une bouteille de champagne rémois première cuvée — une mauvaise année dont il fallait se débarrassait rapidement dixit le big boss —, lorsqu'elle le vit. Elle resta clouée sur place, n'écoutant plus les remarques formulées par son interlocuteur. Elle le suivit du regard quelques secondes avant qu'il ne disparaisse au rayon jouet. Ce qui l'avait surprise, c'était la femme qui l'accompagnait. Comment cela était-il possible ? Il devait y avoir une erreur. Aux mots qu'un vieux prononça « Que me conseillez-vous ? », elle sortit de sa torpeur et d'un geste énergique posa un carton de six Saint Joseph AOP dans le caddie du grand-père — elle lui donnait dans les soixante-dix voire soixante-quinze ans bien tassés —, et deux champagnes en promotion, elle encaissa le montant du ticket et fila vérifier ce qu'elle venait de voir.

Planquée derrière une maison de poupée d'environ un mètre de hauteur posée sur un socle de cinquante centimètres de large qui décourageait à lui seul l'accessibilité aux doigts des fillettes, elle l'aperçut bâillant d'ennui. Aucun doute, c'était lui. Mon pauvre chéri, se dit-elle en l'observant. Tu subis ton triste sort de ne pouvoir bouger pendant qu'elle téléphone. Elle se rapprocha afin de capter des bribes de conversation. La femme, semblant être beaucoup plus jeune qu'elle, en la regardant de plus près, parlait sur le ton de la confidence, mais elle comprit parfaitement le mot divorce et le mot garde lorsqu'elle passa non loin d'elle. La jeune femme — elle estima qu'elle devait avoir la vingtaine —, rebroussa chemin et, ensemble, ils gagnèrent la sortie sans achat.

En savoir davantage. Quitter les lieux elle aussi. Dilemme. Ce fut rapide à trancher.

Ni une ni deux, laissant de côté les opinions contradictoires, elle demanda aux autres vendeurs de jeter un œil sur son stand pendant qu'elle s'absentait, une absence qui durerait un quart d'heure environ, prétextant que la chienne avait vomi à midi les croquettes avalées le matin. Déjà, les hommes se réjouissaient de ce départ inopiné en se donnant du coude. Elle haussa les épaules ; elle n'était pas si naïve.

Micha, tenue en laisse, Émilie Richier attendit sur le parking que la femme sorte du magasin. Il était avec elle. Il lui souriait. Cela lui fendit le cœur. Ils marchèrent sur le trottoir, dépassant les voitures en stationnement. Elle leur emboîta le pas. Puisqu'ils partaient à pied ; elle agirait de même. Elle les pista jusqu'au parc qui n'était qu'à cinq cents mètres de la grande surface. Là, ils se mêlèrent à un groupe de personnes assises sur un banc. L'endroit étant interdit aux chiens, elle arpenta la chaussée en les surveillant de loin.

Prudence.

Voir sans être vu, un principe de précaution.

La température commença à baisser avec les nuages qui se regroupaient dans le ciel, cachant par intermittence le peu de rayons solaires qui persistaient encore avant la tombée de la nuit. N'ayant point son manteau, elle frissonna. Le groupe devait être frigorifié lui aussi, car plusieurs femmes tapèrent dans leurs mains pour se réchauffer en se levant.

Émilie Richier poursuivit sa démarche. Elle ne devait pas revenir au magasin bredouille. Vingt minutes suffirent pour connaître l'adresse. Elle pouvait continuer à bosser l'esprit serein. Il ne pouvait plus lui échapper. Ce n'était qu'une question de jours. Sa quête aboutirait. Elle n'était pas folle. Elle le prouverait.

2

Pendant cette période de fêtes chère aux êtres humains de tous les âges, Émilie Richier ne savait plus à quel saint se vouer afin de réaliser ses objectifs qui étaient loin d'être anodins : à savoir, remplir son bas de laine en amassant un maximum de fric et changer le cours monotone de sa vie. Tout un programme qu'elle avait juré de tenir jusqu'au Nouvel An, sauf que, voilà, un grain de sable s'était immiscé dans ce bel emploi du temps et il en avait modifié l'ordre chronologique, car depuis qu'elle l'avait vu, elle avait refait le trajet dans l'espoir de le rencontrer. Elle n'avait pas eu longtemps à attendre ; la persévérance avait porté ses fruits la veille et l'avant-veille. La jeune femme était toujours là, au parc, à le prendre dans ses bras, à se pencher vers lui à la moindre occasion, à lui tenir la main. Elle enrageait de voir la rivale attitude. Il fallait à tout prix que ce manège cesse sinon elle n'y survivrait pas.

À partir de cet instant, Émilie Richier inscrivit scrupuleusement sur son agenda les jours et les heures de la surveillance. Au bout d'une semaine, elle déduisit qu'ils sortaient toujours en début d'après-midi aux alentours de quinze heures le lundi le mardi et le mercredi, quant aux autres jours cela variait sans qu'elle sache pourquoi.

Qu'importe, j'agirai dans ce créneau horaire, avait-elle décidé le samedi soir, et de préférence le mardi qui est une journée calme au boulot. J'aurai Micha avec moi afin de passer inaperçue. Je m'approcherai en toute innocence vers lui. Je lui parlerai et le convaincrai avec une voix douce et enjôleuse.

Elle se promit de ne pas hausser le ton, ni de crier. Elle ne souhaitait pas l'effaroucher de crainte d'être démasquée. Ces retrouvailles marqueraient un nouveau départ pour eux deux. Les premières secondes de leur rencontre seraient cruciales et signeraient leur relation future.

Et demain, c'était justement mardi.

3

Il n'était pas venu se balader dans le parc ! Avait-il modifié ses habitudes ? Comment avait-il pu repousser le rendez-vous hebdomadaire ? La faute incombait certainement à cette maudite femme qui ne le lâchait pas d'une semelle, avait-elle pensé en abandonnant Micha dans la DS. Cela avait-il un rapport avec le mot divorce que cette « punaise » avait prononcé la première fois qu'elle les avait découverts.

Toutes ces émotions auront ma peau, ragea Émilie Richier.

Elle regagna son stand. Le désarroi se lisait sur son visage au sourire figé. Tel un robot sur une chaîne de montage elle attrapait les bouteilles, les plaçait dans les caddies ou les paniers sur roulettes, et recommençait l'opération avec les caisses en bois ou les cartons. Elle avait une oreille vers l'acheteur et une pensée vers lui ; de quoi s'emmêler les pinceaux. À continuer ainsi le reste de la soirée, elle finirait par perdre la boule sous les sarcasmes de son voisinage masculin.

Elle avait promis à sa « dépression » de réussir cette entrevue primordiale sinon son cerveau enregistrerait une image négative de soi et annihilerait sa détermination récente à aller de l'avant, nécessité recommandée par son psychiatre qui, néanmoins, avait accueilli avec un enthousiasme mitigé l'arrêt brutal de son traitement, doutant de ses capacités à dominer les affres quotidiennes.

Elle assura les ventes malgré les tourments et quitta son stand à la fermeture du magasin. La commission que le big boss lui verserait ne compensa pas le mal qui la rongeait.

Nous sommes déjà le 16 décembre, dit-elle en ouvrant la portière côté passager.

Micha sauta sur le siège.

Bientôt, ce sera les congés de Noël pour la plupart des gens, continua-t-elle en s'adressant à sa chienne, et je ne le verrais plus. Il sera happé par le tourbillon des invitations ; quant à nous deux, nous serons parties pour une autre vente, celle des soldes d'hiver, et dans un autre lieu, un planning identique à celui de l'an passé.

La chienne lécha la main droite de sa maîtresse posée sur le volant.

Brave Micha. Toi, au moins, tu me comprends, poursuit-elle en la caressant. Tu me connais mieux que moi-même, et c'est toi qui as raison. Le découragement ne mène à rien. Il faut que je peaufine mon plan, que j'en raye les obstacles. Avant de nous coucher, j'aurai établi un planning infaillible qui sera le gage du succès. Allez, rentrons mon bébé avant de s'écrouler. J'en ai plein le dos, de ce monde, ce soir.

Émilie Richier enclencha la marche arrière, manœuvra et s'engagea dans le flot de voitures.

Réflexions.

Actions.

Une idée avait germé dans son cerveau ébranlé. Un rictus s'afficha sur sa figure.

4

Trois jours la boule au ventre à surveiller.

Trois jours durant lesquels Émilie Richier avait bossé en étant confrontée à ses humeurs changeantes, ballottée dans la dichotomie des sentiments. Tour à tour, elle avait enragé, puis elle s'était morfondue jusqu'à déprimer grave à l'idée que l'élu de son cœur avait disparu à jamais. Elle avait eu beau passer et repasser devant l'immeuble à l'affût d'un signe révélant sa présence, scruter les balcons et les fenêtres au cours des soixante-douze heures qui venaient de s'écouler, le constat avait été cinglant : les gens s'étaient terrés chez eux à cause de la température extérieure.

Ne pas s'attarder au pied de l'immeuble.

Ne pas être démasqué par la rivale.

Trois jours pluvieux et venteux.

Le désespoir chevillé à l'âme, elle avait opté pour la solution initiale : le parc, et, aujourd'hui, bingo ! Il avait été aisé de la repérer : la même doudoune marron à capuche bordée de fausse fourrure — elle l'avait déduit en constatant les paquets de poils collés entre eux qui signalaient un lavage fréquent en machine à quarante degrés —, qui lui arrivait à mi-cuisse, le même cheche à pois ivoire sur un fond taupe, le même bonnet de laine gris foncé qui avait pris la forme d'un casque à cause de l'abondante tignasse dont quelques mèches encadrées le visage à la peau foncée, un jean sans prétention et des bottes.

Évaluation du terrain.

Des hommes et des femmes affleurant le troisième âge se promenaient dans une ignorance totale. Juste un bref signe du port de tête lorsqu'ils se croisaient ; un signe par politesse envers leurs semblables emmitouflés comme eux. C'était pathétique à les regarder faire. Puis, il y avait les autres, surtout des femmes, entre trente et cinquante ans qui marchaient de long en large, groupées ou non ; et quelques hommes égarés en ce lieu quasiment féminin ; en revanche, tous avaient un but commun : que les mioches se fatiguent un maximum avant le goûter qui serait pris à la maison.

Émilie Richier souriait intérieurement. Elle retint Micha qui souhaitait courir avec les congénères en liberté — les maîtres avaient bravé l'interdiction du panneau municipal relatif aux déjections canines. Elle raccourcit la laisse rétractable. La chienne couina de mécontentement. Cachée derrière le bosquet qui délimitait l'aire de jeux avec la route, elle observa ce monde en mouvement tout en se réjouissant d'avoir choisi une tenue vestimentaire en adéquation avec son projet. Sous son manteau noir en laine dont elle se séparait rarement l'hiver, elle portait un trench en coton couleur caramel, un pull en cachemire à col roulé beige clair, un jean fuselé bleu clair et des bottines noires. À force de demeurer sur place, elle piétina la pelouse, c'est-à-dire le peu d'herbe qui avait survécu à l'été.

Soudain, la jeune femme, lasse de lui tenir la main, l'abandonna et rejoignit d'un pas nonchalant le groupe qu'Émilie avait remarqué lors de ses repérages. À côté des autres femmes corpulentes, elle paraissait menue. Il émanait d'elle une fragilité qui énerva la voyeuse.

Jugement et sentence.

Tu vois, Micha, ce n'est pas ce qui lui correspond.

Émilie Richier haussa les épaules, regarda ces humains encore un moment avec un air dédaigneux, puis estima qu'il était temps d'agir. Elle souleva d'un bloc le spitz nain, le coinça contre sa taille avec son bras droit et rebroussa chemin vers le parking de la grande surface. Dès qu'elle eut déverrouillé sa voiture, elle balança la chienne toujours attachée à sa laisse sur la banquette arrière de la DS 5, fit ronfler le moteur et démarra en vitesse. Cinq minutes après, elle garait le véhicule sur la chaussée, les feux de détresse en fonction. Elle claqua la portière côté conducteur, ouvrit la portière arrière gauche, empoigna Micha et vint s'accroupir derrière le bosquet quitté cinq minutes auparavant. Elle fit taire Micha qui se démenait à tirer sur la laisse, désireuse de vagabonder.

Le groupe de femmes avait bougé. À rester assises, elles avaient dû avoir froid. Elles marchaient lentement sur le sentier réservé à la pratique du jogging, dos à l'aire de jeux, se retournant de temps en temps pour jeter un œil sur les enfants qui jouaient, étant plus occupées à montrer leurs téléphones portables à l'une et à l'autre qu'à faire attention à eux. Et lui, il était là, immobile, ne sachant où aller, engoncé dans son caban molletonné bleu marine à capuche. Il était beaucoup trop petit en taille pour grimper sur les installations qui enchantaient les mômes plus âgés et plus grands.

Émilie Richier rallongea la laisse et étudia le comportement de sa chienne.

Micha, se sentant libre de toute contrainte, se dirigea aussitôt vers les gamins. Aimant être choyée, elle alla quémander des caresses.

Il accueillit cette intrusion avec une excitation palpable et dédaigna le tourniquet, la cage à écureuil, le bac à sable et les balançoires, tous ces jeux qui monopolisaient les grands.

Le groupe de femmes continuait à s'éloigner en riant aux éclats. Elle attendit qu'il soit suffisamment loin pour réduire la longueur de la laisse.

Un pas après l'autre, peu sûr de lui dans ses baskets à lacets rouges, il marcha vers le bosquet tout en caressant la chienne. Il restait six mètres à parcourir.

Elle était fébrile. Son cœur battait dans sa poitrine au rythme d'une grosse caisse comme celle de la fanfare du village de sa grand-mère à la fête du quatorze juillet, sauf que la fête ne commencerait que ce soir et qu'il lui fallait retrouver la quiétude prônée par son psy si elle ne voulait pas faire échouer le plan. Elle inspira profondément, essuya ses mains moites sur son manteau — elle avait laissé les gants en cuir dans son sac à main qui se trouvait dans la bagnole —, et continua à raccourcir la laisse.

Micha gémit d'être étranglée de la sorte. Il la caressa à nouveau. Elle remua la queue.

Elle réduisit encore une fois la distance entre sa propre personne et lui grâce au subterfuge. Lorsqu'il ne fut plus qu'à deux mètres d'elle, elle aperçut une des femmes qui se penchait vers le sol et les autres l'imitèrent aussitôt. Qu'avaient-elles perdu ? C'était une opportunité. Elle se jeta sur lui et le serra dans ses bras. Il n'eut pas le temps de réagir.

Personne au loin ne réalisa ce qu'il s'était produit à deux cents mètres.

Elle l'installa dans le siège auto sans le dévêtir, boucla la ceinture, plaça Micha sur ses genoux et monta à l'avant, rassurée. Le rapt s'était déroulé comme prévu, tardivement, certes, presque trois semaines après l'avoir vu la première fois, mais sans les heurts qu'elle avait imaginés.

La DS 5 quitta son emplacement. Elle le contempla dans le rétroviseur latéral en s'engageant sur la rocade.

Il la fixa quelques minutes, puis continua à jouer avec la chienne.

Elle se détendit.

Les valises remplies de leurs vêtements étaient dans le coffre depuis qu'elle avait planifié le kidnapping, les sacs de victuailles non-périssables calculées pour une semaine aussi, et les cartons de Noël. Dans quatre heures, ils fouleraient la terre de leurs ancêtres ; ils se blottiraient l'un contre l'autre devant un feu de cheminée ; elle lui lirait une histoire avant qu'il ne s'endorme. La vie reprenait son cours à une date ultérieure où elle avait été interrompue si brutalement.

Émilie Richier fredonnait en conduisant. Elle avait eu raison d'y croire ; elle l'avait cherché partout et l'avait enfin retrouvé. La présence de son petit homme assis à l'arrière était bien la preuve, ils s'étaient tous trompés à son sujet : le psychiatre, son patron, la secrétaire, les connaissances ; elle n'était pas folle. Rien ne pourrait s'interposer entre eux maintenant ; elle l'interdirait.

Elle songea aux ventes qu'elle aurait dû enregistrer ce week-end et chercha le numéro de téléphone du big boss sur l'écran digital du tableau de bord. Cette escapade n'entacherait pas son professionnalisme ; elle argumenterait son départ en précisant que les trois-quarts du stock avaient été écoulés avant la date prévisionnelle et qu'elle avait besoin de repos avant d'attaquer la période promotionnelle début janvier.

Dix minutes plus tard, elle eut la confirmation de ce qu'elle avait supputé. Le sous-fifre Jean-Louis prendrait le relais dès demain. Elle avait obtenu gain de cause sur son avance de congés au vu des excellents résultats financiers. Elle était donc tranquille jusqu'à début janvier. Elle coupa la communication, ravie. Elle allait profiter pleinement de cette aubaine, des vacances avant l'heure qui seraient consacrées aux retrouvailles.

Elle fit défiler les titres des chansons enregistrées sur l'écran et appuya sur « Ah, les crocodiles », celle qu'il préférait. Elle ne l'entendit pas chanter le refrain.

Il ne pipait mot. Les yeux grands ouverts et les sourcils froncés, il la fixait, Micha dormant sur ses genoux.

Elle tiqua. Cet accoutrement ne te va pas du tout, dit-elle à son attention. Je te changerai dès que nous ferons une pause sur le trajet. Dans la valise, il y a ton manteau marron avec ton bonnet assorti. Et ses chaussures ! Quelle horreur ! Comment peux-tu avoir ça aux pieds ? Heureusement, j'ai ce qu'il te faut.

Il ne broncha pas d'un poil.

Nous devons réapprendre à vivre ensemble, déduisit-elle devant cette obstination à garder la bouche fermée. Sois patiente, ma fille. Ton psy clame à longueur de consultation que le temps efface les blessures ; et il en va de même pour lui.

Elle lui adressa son plus beau sourire.

Il tourna la tête et regarda par la vitre le paysage qui défilait sous ses yeux à cent trente kilomètres à l'heure. Des larmes perlèrent à ses paupières. Il pleura en silence sans en connaître la raison.

5

Nabila, le bout en train du groupe à l'optimisme communicatif, avait affiché sur l'écran de son smartphone un selfie de sa fille grimée en sorcière à la fête d'Halloween. Elle fit le tour de ces dames en pivotant sur elle-même ; son ample robe aux plis froissés — elle dépassait du gilet long aux torsades irlandaises —, se soulevait en formant une corolle de tissu jaune et rouge. Des collants couleur chair, des mitaines roses et un bonnet orange complétaient la tenue de la femme fleur.

Fatou Edou s'esclaffa en zieutant la photo. Elle rit tellement que le Rimmel coula le long de ses cils, laissant une traînée noire de chaque côté de ses yeux. Nabila lui fit signe de s'essuyer la figure en se moquant d'elle.

— Tu ressembles à ma gosse maintenant, dit Nabila en la photographiant avec son téléphone.

— Je ne refuse pas, mais je n'y peux rien, répondit Fatou en sortant un mouchoir en papier de la poche de sa doudoune. Elle est trop drôle avec cette verrue sur le nez que tu lui avais grimée. Elle épongea le liquide lacrymal.

— Heureusement que tu es d'accord. Tiens ; de quoi tu as l'air. Je ne t'ai pas menti.

— Et maintenant ?

— Ça va mieux. C'est parti.

— Ouais. Tu n'as plus aucune trace, acquiesça Ina Bari, la cousine de Fatou originaire du Burkina Fasso habillée à l'Européenne : pantalon, tennis, parka.

Ina Bari était enceinte de six mois. Avec son compagnon, elle logeait chez la cousine, la clandestinité en prime.

— Nous, on va y aller, décréta Yasmina, la plus vieille des six inséparables femmes du parc, une Guadeloupéenne échouée en métropole il y avait une trentaine d'années de cela. Les filles, on a les mioches à récupérer. Il est déjà seize heures et on se les gèle. Tu verras lorsque tu auras le tien, tu n'auras plus une minute à toi. Garde-le bien au chaud tant que tu le peux.

— Arrête, Yasmina, avec tes conseils de grand-mère, rétorqua Fatou. Tu l'effrayes de lui raconter ça. La petite sortira quand elle sera prête.

— En attendant qu'elle accouche, où il est ton gosse ? Je ne le vois pas jouer avec les grands.

— Comment ça, Nabila ? Il n'est pas là ?

— Ben non. Regarde par toi-même. Il n'y a que Benjamin sur le toboggan. Clarisse et Amandine ont le cul dans le sable et se mettent minables, deux souillons à qui je vais devoir enlever les godasses avant d'entrer sinon il y aura du sable partout dans la maison. Et là-bas, j'aperçois Guillaume et Alexandre qui imitent les chimpanzés sur le portique.

— Vous deux descendez de cette barre tout de suite ! vociféra Yasmina en s'adressant de loin aux jumeaux. Elle avança à grandes enjambées vers eux — elle était encore alerte à soixante-deux ans et pouvait les courser sans être trop essoufflée. L'école aurait pu engager un remplaçant, maugréa-t-elle. Au lieu de ça, je me les coltine une journée entière. Ils sont infernaux.

— Il paraît que tous les jumeaux agissent pareillement, énonça Ina, fière d'avoir lu Françoise Dolto. Inséparables.

— Insupportables, tu veux dire, rectifia Yasmina. Dès que j'ai le dos tourné, ils font une connerie. J'en comptabilise trois à la minute. Tu parles d'un plaisir à les garder, ces deux-là, la paye ne suit pas, va, même avec des jours comme aujourd'hui.

— Tu exagères.

— Oui. C'est vrai qu'on les aime ces loupiots, même si ce ne sont pas les nôtres. Alors, il est où le tien ?

— Je n'en sais rien, répondit Fatou. Benjamin l'a vu tout à l'heure. Il s'amusait avec Clarisse et Amandine.

— Il ne doit pas être loin.

— À la maison, il adore se cacher, tu m'as dit, affirma Ina.

— On va regarder en partant et si on le trouve, une de nous te le ramène, déclara Yasmina en tenant fermement par la main les deux garçonnets.

Les quatre nounous quittèrent l'endroit et prirent la direction de l'école maternelle et celle du primaire. Ne restèrent sur les lieux que les deux Africaines, Fatou Edou et Ina Bari.

— Il faut le chercher, Ina, décida Fatou. On part chacune dans un sens et on se retrouve à l'entrée, D'accord ?

— D'accord. Je fouille les buissons ?

— Ah ça oui. Sûr qu'il est planqué. La rigolade, mon œil. Lorsque je l'aurai trouvé, il va m'entendre, je te le garantis, et il aura mérité l'engueulade, tout petiot qu'il est.

— Il n'a pas deux ans.

— Et alors, à dix-huit mois, on doit écouter. Je lui avais dit de rester ici avec les autres enfants. Ce n'est pas amusement que de courir après lui.

— On y va ?

— Oui. Toi par là et moi par là.

De temps en temps, l'une cherchait l'autre du regard et remuait la tête d'une manière négative. Toutes les deux fouillaient les buissons, demandaient aux promeneurs s'ils n'avaient pas croisé un petit garçon habillé avec un manteau bleu marine à capuche, un jean et des baskets, puis reprenaient leur marche. Lorsqu'elles arrivèrent au bout du parc, force était de constater que Lucas Bremond avait quitté l'aire de jeux.

— On va prendre la voiture et inspecter les rues autour. Attends-moi sur un banc au cas où une copine revient avec. Je fonce au garage.

— Dépêche-toi, le soleil se couche.

— On n'avait pas besoin d'un coup pareil, marmonna Fatou. La poisse ! Elle marcha vite.

Le jour déclina. Le parc devint sombre.

Bientôt, il sera difficile de distinguer quelque chose mesurant à peine quatre-vingt-six centimètres, pensa Ina. Une forme assise ou couchée par terre dans les allées, impossible à dégoter.

À dix-sept heures, les illuminations de la ville s'allumèrent. Éclairage intermittent.

La cousine enceinte se leva à l'arrivée de la vieille Peugeot 106 cabossée, une voiture luxueuse comparée aux guimbardes de son village africain. Arrêt minute. Elle ouvrit la portière d'un coup et s'installa à l'avant les deux mains sur le tableau de bord — la ceinture la gênait avec son gros ventre, elle ne l'avait pas bouclé. Une pensée la traversa. À l'idée que la chair de sa chair pourrait un jour disparaître aussi facilement, elle paniqua. Un instant d'inattention, et le pire vous tombe dessus sans crier gare.

— Tu regardes à droite et moi à gauche. Je vais d'abord à l'école et ensuite, je prendrai les transversales.

Ina avait la gorge nouée. Elle avait beau écarquiller les yeux et scruter les trottoirs, il n'y avait pas de Lucas en vue. Elle observa sa cousine en biais. Elle était autant anxieuse qu'elle. Deux à se biler dans la bagnole.

— Il faut que nous retrouvions le gosse sinon sa mère nous harcèlera, toi, Oumar et moi. Nous sommes dans une sacrée merde !

— Il est quelque part pas loin comme disent les copines. Où veux-tu qu'il aille si petit ? Il ne marchera pas des kilomètres

— Mais je n'en sais rien, justement ! Tu ne vois pas le bordel que cette histoire va déclencher si on ne le trouve pas ! Bon sang, vous n'avez pas de papier !

— Ne crie pas. Si tu veux, avec Oumar, on te débarrasse de nous. On couchera à l'hôtel une nuit ou deux le temps que ça se calme.

— Non ! C'est risqué. Tu n'as pas les moyens et moi non plus. Je vais demander au frangin de vous héberger pour ce soir même si son appart est plein à craquer avec sa femme et ses trois gosses. Demain, on verra. Quelle heure est-il ?

— Presque dix-huit heures.

— Une heure et demie qu'on est à sa recherche et que dalle. Il faut prévenir sa mère maintenant. Elle aura peut-être une autre idée. On rentre et je téléphone à Messan pour qu'il vienne vous récupérer à la maison. Il a dû rentrer du travail. Vous aurez le temps de mettre vos affaires dans vos sacs et de filer avant que la mère se pointe.

— Si tu crois que c'est mieux ainsi.

— Ah ça oui !

Trente minutes plus tard le timbre de la sonnette retentissait dans l'appartement de Fatou Edou. Elle appuya sur le bouton de l'interphone d'une main tremblante. Les jambes flageolantes, elle attendit sur le palier que l'ascenseur s'arrête à son étage.

6

« Comment ça, il a disparu ! » furent les cinq mots qu'entendit Fatou avant d'éclater en sanglot devant la porte d'entrée de son minuscule appartement — la surface du deux-pièces avoisinait plutôt celle d'un studio —, un logement à loyer modéré à vingt minutes en marchant vite du lieu de la disparition. Caroline Sueur en franchit le seuil, furibonde, bousculant la locataire au passage. Elle était venue directement du boulot sans prendre la peine de se changer. La svelte silhouette disparaissait dans un caban noir trop large pour elle — elle pesait quarante-cinq kilos pour un mètre soixante-quinze —, qu'elle avait omis de boutonner malgré le froid. Les bottillons gris souris en nubuck avaient été souillés par des amas de terre brune, laquelle terre avait aussi sali le bas de son jean noir lui — par commodité, elle s'habillait toujours en noir quelle que soit la saison, alors, forcément l'été, elle transpirait. Les cheveux blonds mi-longs étaient domptés par un bonnet gris en laine tricotée « fait main », enfoncé jusqu'aux oreilles. Une tenue pratique qui s'adapte à n'importe quelle situation, avec un sac à dos en guise de sac à main gris foncé.

— Où est-il ?

— Je ne sais pas. Nous l'avons cherché partout avec les copines avant de vous téléphoner.

Fatou émietta son mouchoir en papier aux traces de Rimmel en répondant à la mère. Les lambeaux voletèrent dans le salon avant d'atterrir mollement sur la palette à l'état brut posée par terre servant de table basse.

— Pendant combien de temps, Fatou ?

— Peut-être une heure et demie, je n'ai pas regardé la montre. Au moins plus d'une heure. Ah ça oui, on l'a beaucoup cherché avec les copines. J'ai même sorti la voiture du garage de l'immeuble pour vérifier autour de l'école.

— Et dans le magasin ?

— Ah, ça non. Je n'y ai pas songé.

— Mais c'était la première initiative à avoir ! Quelqu'un a pu croire qu'il s'était échappé du parking avec le monde qu'il y a en ce moment, et le ramener à l'accueil pensant rendre service ! Dépêchons-nous ! Allons-y !

L'espoir renaissait dans le cœur de Fatou et dans celui de Caroline. Elles se dispensèrent de l'attente de l'ascenseur et dévalèrent les trois étages par l'escalier de service. Les paumes raclèrent les murs gris granuleux en s'aidant dans les virages pour aller plus vite. Toujours plus vite. L'entraînement en salle de fitness que pratiquait Caroline depuis son accouchement fit qu'elle sortit vainqueure de cette course effrénée. Dehors, elle continua à devancer la concurrente de plusieurs dizaines de mètres et lui lança en sprintant : « On se retrouve à l'accueil qui se situe au niveau de l'entrée principale ! », ne sachant pas que la nounou remplissait son caddie à ce supermarché toutes les semaines en profitant des promotions et qu'elle en connaissait les moindres recoins. De surcroît, lorsqu'elle gardait le môme, elle y allait aussi pour y acheter son goûter.

Fatou fut soulagée que la mère se chargea des opérations. Elle s'arrêta, respira profondément, souffla dans ses mains gelées, car elle avait oublié ses gants en laine dans la cuisine, et entra tranquillement dans l'antre de la consommation. Elle se figea devant la vitrine d'un magasin dans la galerie marchande, détaillant avec envie toutes ces choses à acheter qui scintillaient sous les éclairages même si elle ne pouvait se les offrir.

Le supermarché grouillait d'un monde avide de s'acquitter de la corvée des courses en vue du week-end et de la semaine à venir. Fastidieuse tâche. Des générations d'humains se croisaient tel un ballet fantasmagorique ; les vieux s'appuyant sur le cadre de leur chariot métallique comme s'ils avançaient avec un déambulateur ; les adultes dans la force de l'âge zigzaguant entre eux ; ceux qui s'étaient regroupés pour converser, à l'aise, au milieu du passage ; les jeunes, intrépides, qui se servaient dudit chariot comme d'une planche à roulettes ; à se demander comment tous ces gens arrivaient à éviter la collision d'où cette image d'une chorégraphie défiant les lois de la physique. Et Fatou, dans une posture inflexible, s'attardait à contempler ce spectacle insolite, heureuse d'avoir été déchargée du fardeau et de s'en tirer à bon compte. Sauf que cela ne dura pas. Cinq minutes de répit et la réalité la rattrapèrent. Caroline lui hurla dans l'oreille, histoire de la faire redescendre sur terre. La chute fut brutale. Un coup de massue sur la tête.

— Qu'est-ce que vous fabriquez à bâiller aux corneilles, Fatou ? Cela fait des lustres que je vous appelle. Nous avons besoin de savoir à quelle heure il a échappé à votre vigilance et si vous aviez changé ses fringues après le repas. À l'accueil, les hôtesses ont récupéré trois enfants en bas âge ce soir qui sont repartis avec leurs parents.

Potentiels, les parents, pensa Caroline. Je ne me fierai pas aux certitudes des employés. Pas aujourd'hui. Méfiance.

Virulence du ton.

Caroline Sueur était lieutenant de police à la brigade des stups ; elle était flic alors elle pensait en flic avec une surdose maternelle. Normal. Elle savait, malheureusement et par habitude, que dans un enlèvement les premières heures sont primordiales pour localiser celui qui a disparu des radars, tous sexes et tous âges confondus, alors elle ne voulait pas gaspiller une seule seconde. Son cerveau réagissait par automatisme professionnel et son cœur refusait de croire à l'éventualité d'un kidnapping.

— Alors, Fatou, le descriptif ! Ça vient ! ordonna Caroline devant l'employé qui se campait derrière le comptoir, impressionnée par la carte de police que le lieutenant lui avait montrée.

— Heu…, bafouilla Fatou.

— Bon sang, il faut vous tirer les vers du nez ce soir ! Est-ce que Lucas était habillé comme ce matin ? Oui ou non ?

— Non. J'ai dû le changer après le repas. Il essaie de manger tout seul et il en met partout sur lui.

La jeune fille était tétanisée par la dureté de la voix de sa patronne. Elle ne l'avait jamais vue dans un tel état d'excitation. Le timbre était menaçant. Elle eut peur. Elle tremblait. Elle était incapable de parler. Devait-elle énumérer les vêtements ?

— On ne vous demande pas de vous justifier ! Il portait quoi ?

Effectivement, elle devait énumérer.

— Je lui ai mis son pantalon jaune et son tee-shirt gris, celui qui est pressionné dans le dos. Le pull, c'est le même que ce matin, je l'avais enlevé à la maison à cause du repas de midi, et il a son caban. Il a aussi les tennis rouges aux pieds.

— Est-ce que vous avez vu un garçon de dix-huit mois habillé comme ça ? Même assis dans un caddie ?

— Non, désolée Madame. Vous ne m'aviez pas dit qu'il était si petit. Les enfants que j'ai eus à l'accueil étaient beaucoup plus âgés.

— Et vos caméras de surveillance ?

— Lesquelles Madame ?

— Comment ça lesquelles ? Toutes pardi !

— Nous en avons quelques-unes dans la galerie marchande, au-dessus de nos rayonnages, et dans le parking.

— Je veux les voir !

— Il faut que j'appelle le pôle sécurité.

— Et bien, appelez-le ! C'est très important !

Gestes saccadés.

Une maîtrise de soi ébranlée.

Le lieutenant Caroline Sueur, si sereine à l'ordinaire avait perdu le contrôle de ses émotions, en témoignait le bonnet de travers et les mèches blondes qui lui barraient le visage à chaque mouvement de la tête qu'elle repoussait avec rage.

La carte avec la mention tricolore produisit une deuxième fois son effet sur l'employée réticente. Cette dernière accompagna les deux femmes jusqu'au seuil de la porte réservée au personnel et l'autorisa à la franchir sans l'accord de son supérieur. Autorité des forces de l'ordre.

Dix minutes après la demande formulée d'une voix explosive, Caroline scrutait les écrans aux QG du magasin, une pièce d'environ vingt mètres carrés comprenant deux grands bureaux côte à côte avec une dizaine de moniteurs. Deux hommes en tenue bleu marine avec la mention SÉCURITÉ inscrite en blanc dans leur dos fixaient consciencieusement le déroulement des images sur les écrans à partir de seize heures.

Verdict.

— Je ne vois aucun gamin qui ressemble à votre gosse.

Le regard que lança la mère vers la nounou écarta une quelconque mansuétude. La minute était aux règlements de compte vis-à-vis de l'insouciante responsable de son fils.

Caroline attrapa Fatou par le bras, dégringola l'escalier de service, tirant la fautive derrière elle en ignorant les geignements de celle-ci — le mur des lamentations n'était pas à l'ordre du jour —, et l'entraîna en direction du parc en espérant aborder quelques retardataires amoureux des étoiles et de la pissette à Mirza au clair de lune si on considérait qu'être frigorifié, dehors, par trois degrés avec une bruine qui commençait à tomber était une sortie agréable.

Caroline parcourut le parc dans tous les sens. Son sac à dos contenant son indispensable nécessaire féminin bondissait sur sa colonne vertébrale. Elle abordait les gens qui, surpris par cette femme survoltée, faisaient un bond en arrière, le faciès pâle, manquant défaillir en croyant être la proie d'une agression nocturne sous les lampadaires de la ville.

Fatou assistait, impuissante, à cette vague de panique. Hébétée, elle n'entendait rien et ne voyait rien, isolée dans son abattement, alors que la mère s'égosillait à crier « Où était-il ? » en moulinant les bras dans sa direction. Elle ne comprenait pas la signification de ce message en sémaphore.

Fatou prit racine sur le trottoir puisqu'elle avait déjà tout raconté à Caroline, et qu'elle avait vérifié les alentours avant de rentrer chez elle la prévenir. Je ne suis pas sotte, pensa-t-elle en ne la quittant pas des yeux. Elle la vit s'éloigner en piquant un cent mètre. La chose qu'elle avait saisie lors du départ du sprint avait été « Bougez pas d'ici ». Pas de danger que je m'aventure, bougonna Fatou en tapant des pieds pour se réchauffer. Vivement l'été. Je déteste l'hiver. C'est que je viens d'un pays chaud, moi. J'ai les gênes de mes ancêtres dans le sang.

Vingt minutes à se cailler avant que la joggeuse ne réapparaisse à l'extrémité du parc. Ça va encore être ma fête, se dit Fatou en sentant le souffle de sa patronne dans son dos. Elle se retourna.

Caroline avait stoppé sa course.

Respiration forte.

Extrême angoisse.

Le lieutenant Sueur sortit un smartphone de la poche intérieure de son caban sans un regard vers la nounou immobile, et parla d'une voix hachée.

« Morgane, j'ai besoin de toi ».

7

Elle n'avait pas eu une seconde d'hésitation en écoutant la phrase prononcée. Elle avait quitté le commissariat en bafouillant une urgence de la plus haute importance sans avoir eu connaissance de la raison de l'appel. Elle n'avait pas eu besoin d'explications alambiquées, seule l'intonation des mots de sa meilleure amie avait suffi. Elle avait claqué la porte de son bureau en laissant sa table de travail en désordre ce qui la chagrinait en temps normal.

Aujourd'hui était un jour anormal.

Elle abandonna les collègues pantois, bouches ouvertes, qui commentèrent son attitude impulsive ce dont elle se moqua éperdument. L'heure était à l'urgence. L'état fébrile de Caroline, elle l'avait ressenti à l'autre bout de la ligne téléphonique ; alors elle rappliquait, l'instinct du flic.

Morgane Duharec avait sympathisé avec Caroline Sueur ces dernières années. Deux femmes d'un âge similaire, deux femmes lieutenants de police dans un univers à majorité masculine, ça rapproche les membres d'une minorité. L'une appartenait à la brigade criminelle et l'autre à la brigade des stups. Et quand votre meilleure amie travaille dans l'équipe de votre mari, il y a pléthore de rencontres. Les deux jeunes femmes se fréquentaient et s'invitaient à chaque fois que leur emploi du temps respectif le leur permettait, ce qui n'était pas souvent le cas selon elles, vraiment pas assez. Ajoutez à cela que les deux femmes pouponnaient ; les conversations abordaient le thème de l'éducation parentale, de l'hygiène infantile, de l'inscription à l'école maternelle, des futurs loisirs des bambins, et cetera, et cetera. Au moins, lorsqu'elles se voyaient, elles ne parlaient pas boulot. Exit les malfrats, les crimes et les dealers. Sauf qu'à cet instant précis, Morgane douta du motif de l'entrevue. Caroline ne l'avait certainement pas dérangée sur son lieu de travail pour lui raconter des banalités hors de leur lieu de rendez-vous habituel. Il y avait anguille sous roche. Le flair de la policière aguerrie.

Dans sa Citroën C1 rouge, Morgane n'aima pas, mais vraiment pas du tout, cette désagréable sensation qui lui glaçait le sang. Certes, la température extérieure avait chuté dans l'après-midi et avoisinait le zéro degré, sauf que, dans l'habitacle, la soufflerie du chauffage était à fond et elle frissonnait. Elle avait un froid intérieur, précurseur des mauvaises nouvelles, car, malheureusement, elle connaissait trop son amie pour distinguer les nuances d'une voix qui avait perdu sa jovialité.

Morgane fit crisser les pneus en arrivant à l'adresse indiquée par Caroline. Elle s'arrêta sur la route et actionna les feux de détresse afin de signaler sa présence aux autres conducteurs. Provoquer l'accident serait un comble !

La furie Caroline ouvrit la portière du côté passager et cria dans l'habitacle : « Il a disparu ! ».

Aussitôt, Morgane s'éjecta de son siège.

Effusion de larmes qu'on n'empêche pas de couler ; une cocotte-minute qui explose à force d'avoir été sous pression ; telles furent les pensées de Morgane lorsque Caroline vint se blottir dans ses bras. La tête contre son torse, elle sanglotait sans aucune retenue sous les yeux étonnés de Fatou qui n'aurait pas parié un centime sur la fragilité de son employeur.

La patronne semblait si différente de celle qui venait de débarquer. L'une en noir comme si elle portait déjà le deuil de Lucas, et l'autre en une explosion de couleurs comme si elle partait à une fête. Un contraste émanant de deux caractères.

Morgane, le blouson en cuir rouge mouillé par les pleurs de son amie — elle aimait s'habiller en tenue colorée, voire bariolée, ce qui portait parfois préjudice à une interpellation étant en dehors des codes vestimentaires qu'on accorde à la fonction —, attendit que le flot soit tari avant de prononcer les paroles consacrées à la procédure.

« Raconte ».

Le mot à lui seul lança l'énumération du déroulement des faits.

De temps en temps, Fatou complétait le récit, hésitante à parler, craignant que la colère de sa patronne ne revînt au grand galop bien qu'elle constatât l'apaisement que lui procurait cette femme qu'elle ne connaissait pas et qui avait réussi à la tranquilliser. Elle se félicita de ce retournement de situation. Le courroux s'éloignait lentement d'elle, mais sûrement, et bientôt la mère oublierait la responsabilité de son employée en demeurant aux côtés de cette connaissance providentielle.

Déchargée du fardeau, Caroline entendit Morgane réclamer du renfort à son chef et solliciter la brigade cynophile, initiative que le lieutenant de la brigade des stups redoutait, car elle anéantissait le faible espoir de retrouver son fils dans l'immédiateté et signait sa perte, kidnapping ou meurtre. Et comme il fallait nourrir la truffe des chiens, elle accompagna Fatou jusqu'à chez elle récupérer un objet à renifler.

Trajet silencieux.

Chacune perdue dans ses pensées et chacune craignant l'annonce du pire.

Caroline retourna seule au parc, un sac plastique contenant le pantalon souillé du bambin à la main, balancé d'avant en arrière au rythme de ses pas. La cadence de l'horreur qui s'installe.

— Ta nounou n'est pas avec toi ?

— Elle ne sert à rien. Son inutilité crève les yeux.

— J'aurais souhaité la questionner encore un peu.

— Tu pourras dès demain. Je lui ai dit de passer au commissariat. Elle viendra vers dix heures. Elle n'avait que lui à s'occuper alors, du temps de libre, elle en a à revendre maintenant. Quelle conne je suis de lui avoir accordé ma confiance. À vouloir faire du social, voilà où cela mène. Guillaume était contre et je me suis entêtée. J'aurais dû l'écouter, lui, le prof qui sait tout et fait tout mieux que les autres. Pour une fois, il n'avait pas tort. Jamais j'aurais dû le lui confier ! Jamais ! Jamais ! Jamais !

— Arrête de te culpabiliser. Tu fustiges ta propre personne.

— Tu sais que j'ai raison.

Oui, Morgane savait qu'elle avait raison et elle se tairait.

Caroline frappait l'arbre à côté d'elle qui n'avait pas demandé à subir cette violence maternelle. En quelques secondes, les arbres élagués et dénudés étaient devenus moches et ternes. Pas d'oiseau dans les branches à cette période de l'année, pas de chant égayant l'atmosphère glaciale qui avait envahi l'espace. C'était un hiver sans neige et froid qui avait transpercé le cœur de Caroline d'une flèche mortelle. Même les lampadaires allumés de la rue ne réchauffaient pas l'endroit. Tout était devenu moche ; le mobilier urbain, le tourniquet, les balançoires, le toboggan, le portique, la cage à écureuil ; et dans cet univers moche, les relents de la poubelle à trois mètres d'où elle se tenait dégueulant les boîtes de biscuits ouvertes, les peaux de bananes moisies, les sachets de compote aux bouchons égarés et les restes de goûter jetés avec un geste de personne rassasiée, avaient une odeur de mort. Cette odeur planait au-dessus d'elle à la place du volatile absent, décrivant un vol concentrique sous l'action d'un vent léger. C'était à la fois terrifiant et envoûtant.

Caroline cogna, et cogna encore sur le tronc, jusqu'à ce qu'un aboiement déchirât ce début de nuit fatidique. Épuisée, elle sortit le vêtement crasseux et le tendit à Morgane. La suite était au-dessus de ce qu'elle pouvait endurer. Le spectacle du berger humant l'odeur corporelle mélangée à celle de la lessive, qui renifle partout, qui cherche en remuant la queue pour plaire à son maître, reste un clébard qui avance le museau sur le sol, et celui qu'elle avait dans le viseur allait essayer de détecter la présence de Lucas. Résignée, elle s'enferma dans sa Peugeot 208 blanche. Elle observa, impuissante, le ballet incessant des trois brigadiers en train de ramasser dans les branchages et par terre tout ce qui devait être considéré comme étant un indice potentiel. La vision était difficilement supportable. Canettes, mégots, papiers, bouteilles, verres brisés et autres objets finissaient leurs vies dans les sachets plastiques transparents. Elle vit un des collègues s'extasier devant sa trouvaille : un gant de laine grise de petite taille. Lucas n'en portait pas. Ce fut un soulagement provisoire. Puis son regard se porta à nouveau sur le chien.

L'animal avait déjà parcouru la moitié de la surface du terrain. Lui et son maître s'attardèrent vers les balançoires et le tourniquet, allèrent ensuite vers la cage à écureuil, la contournèrent et s'engagèrent sur le sentier, puis revinrent à leur point de départ. Devant un fourré, le berger allemand stoppa net. Le brigadier enjamba la pelouse et tira sur la laisse, l'obligeant à franchir l'obstacle. Docile, Pandore, c'était le nom qui lui avait été attribué à l'élevage, consentit à traverser.

Obéissant, il renifla le trottoir et la chaussée en acceptant cette requête superflue, mais au bout de cinq minutes, il refusa de jouer les prolongations et posa son postérieur devant le massif précédemment franchi. Assis, la tête relevée, il réclamait sa récompense.

— La piste s'arrête là, lieutenant.

— Et sur le parking du centre commercial ? Qu'en pensez-vous ?

— Il y serait allé d'office, vous pouvez me croire. Pandore n'abandonne pas si facilement. Je l'ai vu à l'œuvre pendant une journée entière sans faiblir. Et si Pandore dit que c'est fini, c'est que le môme n'est pas allé plus loin que là où il est. Terminé.

— OK.

Pandore croqua son biscuit et marcha contre les jambes du brigadier jusqu'à la voiture.

— Alors ? questionna Caroline en abaissant la vitre.

— Le chien perd sa trace sur le trottoir.

— Alerte enlèvement ?

— Nécessaire.

Le mot claqua dans l'air comme une gifle. Il décrivait l'évidence tant redoutée.

— Je veux participer à l'enquête.

— Non, Caroline. Pas de famille directement impliquée. Ton jugement serait faussé.

— Morgane, c'est de mon fils qu'on parle !

— Justement, et tant qu'on y est, je te pose la question qui me taraude. Est-ce que Lucas aurait pu suivre un étranger ?

— Non. Enfin, je ne crois pas. Pourquoi l'aurait-il fait ? Et Fatou aurait été intriguée par l'attitude d'un rôdeur, ou bien une autre maman aurait signalé la menace ; une maman plus méfiante qu'elle. Il n'était pas l'unique gamin à jouer ici. Fatou l'y emmène souvent. Lucas connaît bien l'endroit.

— À ton avis, aurait-il pu s'aventurer en dehors du périmètre réservé aux jeux ? Regarde. Il n'y a pas de barrière autour des installations. C'est libre d'accès.

— Tu penses à quoi ?

— À quelqu'un qu'il aurait pu suivre sciemment et qui n'aurait pas attiré l'attention de ta nounou.

— Comme un visage connu ?

— Exactement.

— Son père.

— Quoi son père ? À cause de ton divorce ?

— Nous sommes en désaccord au sujet de Lucas. Il veut la garde exclusive, et les beaux-parents adhèrent à 300 % à son argument. Fatou les connaissant tous, elle ne se serait pas méfiée.

— C'est une possibilité.

La famille est souvent impliquée, pensa Morgane en contemplant le visage ravagé de son amie.

— Je vais téléphoner à Guillaume. Je ne l'avais pas prévenu jusqu'à présent.

— Qu'il nous rejoigne au commissariat.

Des badauds s'approchèrent d'elles, guettant une réponse à leurs interrogations afin de justifier leur voyeurisme.

Morgane les vit. Elle s'installa au volant de sa voiture en soupirant. Difficile d'être du mauvais côté de la barrière, celle des victimes, émit-elle en démarrant.

Elle palabrait, seule avec sa rogne contenue.

Quelle sage décision nous avons pris, Marc et moi, de partager cette grande maison avec Jean-Louis, mon Dorman, mon mentor. Lorsque nous avions eu cette idée tous les deux, à l'époque, et que Marc l'avait acceptée sans rechigner, la résolution prise était devenue une évidence dès que j'avais été enceinte. Avoir un commandant de la brigade criminelle à la retraite en guise d'assistante maternelle pour notre fille est rassurant. On ne peut souhaiter meilleure efficacité. J'informerai en rentrant le garde du corps de ma puce de ce qui se passe au QG, et aussi Marc s'il ne le sait pas déjà. Et merde ! La nuit sera longue. Retranscrire les faits dès que j'arrive dans mon bureau. Je n'ai pas pris de calepin. Je n'avais pas prévu une tuile pareille.

Il y avait une autre personne, ce soir, qui n'avait pas l'esprit tranquille.

SMS de Fatou à Ina.

Dois aller commissariat demain matin.

SMS d'Ina à Fatou.

Aaaaah… Togo-Togo !

SMS de Fatou à Ina.

Je te dirai qd revenir.

SMS d'Ina à Fatou.

Oublié sac affaires de Nabila pour bébé.

SMS de Fatou à Ina.

Où ?

SMS d'Ina à Fatou.

Dans ton armoire. Au fond. En bas.

SMS de Fatou à Ina.

Ça me dérange pas, là.

SMS d'Ina à Fatou.

Au parc demain ?

SMS de Fatou à Ina.

Faut voir.

SMS d'Ina à Fatou.
Tu Tél. ?
SMS de Fatou à Ina.
Avant. Et la santé ?
SMS d'Ina à Fatou
Bébé bouge.
SMS de Fatou à Ina.
Bien. À demain au Tél.
SMS d'Ina à Fatou.
À demain.

8

C'était en voyant la mine déconfite de Caroline, debout, adossée à l'espagnolette dans le bureau du collègue, le capitaine Jacques Dupuis, que Morgane avait pris conscience de la pensée égoïste qu'elle avait eue en quittant le parc. Je suis un monstre, se dit-elle avant d'ouvrir la porte. Comment cela a-t-il pu effleurer mon cerveau ?

Avoir l'air détendu malgré le léger tremblement du corps.

Elle inspira, vida les poumons, inspira.

Les doigts sur la poignée, elle était prête. Elle entra.

La traque commencerait dans cette pièce sinistre avec ses barreaux aux fenêtres pour éviter l'évasion, sa table noire et ses chaises assorties, son alignement de classeurs gris posés sur les étagères métalliques et d'autres dans les armoires de fabrication industrielle. Des photographies de personnes disparues tapissaient les murs ainsi que des photocopies d'articles de loi, pas de quoi remonter le moral aux familles endeuillées. D'ailleurs, l'agencement du lieu ne servait pas qu'à ça, il servait à donner un avant-goût aux délinquants. Par ce décor sombre et menaçant, Dupuis leur montrait la splendeur de l'enfermement, un ersatz de la tôle, sauf qu'il était aussi néfaste à celui qui y bossait, raison pour laquelle il était plus souvent dehors, en mission, qu'ici à enregistrer les procédures verbales. La journée terminée, il n'avait qu'une hâte, c'était de rentrer chez lui et d'oublier le quotidien avec un verre de scotch et une cigarette aux lèvres en compagnie de sa femme.

Dupuis écoutait le récit épisodique du lieutenant de la brigade des stups dont il avait vaguement entendu parler durant les séminaires annuels obligatoires sans vraiment avoir cherché à la connaître.

Les paupières gonflées d'avoir pleuré dans sa bagnole, — elle avait profité de cet instant de solitude pour se laisser aller une dernière fois avant de redevenir la professionnelle qu'elle était —, Caroline cligna des yeux à l'approche de Morgane. Elle ôta son bonnet et recoiffa ses cheveux ébouriffés, un geste de coquetterie. Une timide féminité surgissait du malheur.

— Il ne devrait plus tarder maintenant.

— Il a compris ce que tu lui disais ?

— Il est furieux. Il m'a traité d'irresponsable, de mère incapable, de flic de mes deux, et je m'attends au pire à son arrivée.

— C'est nous qui allons nous en occuper. Toi, tu seras présente seulement pour les détails relatifs à l'histoire, n'est-ce pas Jacques ?

— Affirmatif. Quand on est directement concerné, on ne peut pas être en charge de l'affaire même si on le souhaite. L'implication nuit aux investigations.

— Je le sais, mais je ne veux pas être écartée.

— Je te consignerai tout par e-mail ou SMS au fur et à mesure.

— Promis ?

— Je te promets, jura Morgane en posant ses mains sur les épaules de son amie. Promesse de Gascon, se dit-elle, car j'omettrai les détails morbides afin de la protéger. J'ai envie d'extirper son mal rien qu'en la regardant avec sa figure blafarde, son regard éteint, soumise à l'inquiétante nouvelle qui surgira à un moment donné. La peur est dans son ventre malgré elle. Je le vois à ses bras croisés et à ses poings serrés. Je devine les ongles qui percent les paumes, mais elle serre les dents, droite sur ses guiboles, ma Caroline. Ne pas fléchir. Ne pas s'écrouler. Rester digne dans le drame qui l'étouffe. La nouvelle doctrine.

Des pas résonnèrent dans le couloir, des pas annonçant la révolte qui allait suivre irrémédiablement.

La porte s'ouvrit sur la silhouette de Monsieur Guillaume Bermond, l'ex-mari de Caroline et père de Lucas.

Confrontation de deux êtres qui s'étaient aimés et qui se déchireraient tout à l'heure.

L'homme était d'une taille au-dessus de la moyenne masculine et de corpulence normale si on prenait comme indicateur les critères de la presse féminine qui regorgeait de ce genre d'informations. Les quelques cheveux blancs qui parsemaient une tignasse auburn faisaient le pendant à une abondante barbe poivre et sel. Les pupilles marron foudroyèrent les trois policiers lorsqu'il entra. Il plissa le front ; ses épais sourcils noirs se rejoignirent. Il avait la bouche fermée.

Pas un bonjour, ni un bonsoir.

Guillaume Bremond toisa le groupe en descendant la fermeture éclair de sa veste en tweed. Une brioche naissante apparue, reflétant le côté pantouflard de ce professeur de musique préférant son fauteuil Voltaire en écoutant du Bach plutôt que la pratique d'un sport en salle de fitness.

Sa posture n'impressionna personne.

— Qu'est-ce que tu as encore foutu ? dit-il en invectivant celle qui essayait de ne pas craquer à nouveau.

— Et toi ? Où étais-tu à seize heures précises ? répondit-elle en déglutissant.

— Lieutenant Sueur, dois-je vous rappeler que c'est moi qui pose les questions, coupa Dupuis. Asseyez-vous tous les deux et reprenez-vous.

Devant leur refus à s'asseoir, Dupuis contourna son bureau et se positionna entre eux.

— Où étiez-vous Monsieur Bremond en fin d'après-midi ?

— J'ai fini mon dernier cours à quinze heures et je suis rentré directement chez moi.

Sans l'ombre des prémices, il s'emporta.

— C'est quoi cet interrogatoire ! Vous me soupçonnez au lieu de chercher mon fils !

— Dans une affaire comme celle-ci, tout le monde est suspect, y compris votre ex-femme qui a un alibi en béton.

— Elle était sur une affaire comme d'habitude !

— Oui j'étais sur une affaire ! hurla Caroline. J'étais en planque avec un collègue et nous venions juste de rentrer au commissariat lorsque Fatou m'a téléphoné.

— Tu préfères surveiller les autres au lieu de surveiller ton propre fils ! Voilà pourquoi j'ai demandé la garde exclusive de Lucas ! Tu ne peux pas t'en occuper ! La preuve !

— Calmez-vous, Monsieur Bremond. Quelqu'un peut-il conformer votre arrivée chez vous ?

L'homme se calma, réalisant que son emportement nuirait au tableau décrit par son avocat à l'assistante sociale chargée de l'enquête de moralité, dossier qui influencerait le juge et trancherait la garde.

— La vieille du deuxième. Je lui ai tenu la porte de l'immeuble en entrant. Elle pourra confirmer ce que je vous dis.

— Notez, Morgane, et précisez-nous le mode de garde qui a été envisagé provisoirement.

Morgane ouvrit le calepin à l'étiquette marquée « Caro » contrairement à ses usages. D'ordinaire elle optait pour un classement mois et numéro d'ordre au fur et à mesure de l'enchaînement des affaires ce qui lui permettait un repérage facile dans l'année en cours, mais, là, elle n'avait pu s'y résoudre. Elle tourna les quatre pages relatant les propos de son amie et ceux de la nounou et entama une feuille vierge.

— En attendant que le divorce soit prononcé, nous avons d'un commun accord une garde alternée, précisa Caroline. Un week-end sur deux pour le père et la moitié des vacances scolaires lorsqu'il sera scolarisé.

— Les juges donnent toujours la garde à la mère, rétorqua Guillaume Bremond, et voilà ce qui arrive lorsque les horaires ne sont pas adaptés à une vie familiale alors que les miens sont stables et répétitifs. Le juge tiendra compte des événements en ma faveur, d'autant plus que ma demande de mutation est en cours.

— Quoi ! Tu ne l'avais pas précisé !

— C'est récent. Je me rapproche de mes parents. Ma mère est ravie de garder le petit pendant que j'enseignerai au collège.

— Il n'est pas question que ta mère élève Lucas !

— Ce sera mieux qu'une étrangère de vingt ans !

— D'abord elle n'a pas vingt ans, elle en a vingt-quatre !

— Je ne vois pas la différence !

— De quand date cette demande de mutation ? questionna Dupuis, énervé de subir cette altercation.

— D'une quinzaine de jours.

C'était du sérieux, pensa Caroline. Il allait lui enlever son fils, la chair de sa chair, cet enfant désiré pendant des mois. Elle se remémora le graphique aimanté sur le frigidaire marquant les dates d'ovulation. Elle se revit sous les draps de coton vert d'eau, immobile, le thermomètre sous le bras, attendant la montée en température et l'inscrire sur la feuille après s'être levée. Elle songea au stress causé par un rhume qui allait fausser les calculs, à la hantise d'être malade et aux douleurs des règles, déception et recommencement. Et tout ça pour quoi ? Pour qu'il lui vole son unique enfant.

Dupuis se tourna vers Morgane qui acquiesça en baissant la tête. Décidément, le coupable parmi l'entourage proche était toujours d'actualité quel que soit le délit commis.

— Que va-t-il se passer maintenant ? demanda Guillaume Bremond qui avait l'air de comprendre enfin la situation. Il était abattu ; une posture avachie.

Ce changement d'attitude ne passa pas inaperçu. Morgane l'enregistra dans un coin de sa mémoire afin qu'il ressortît plus tard.

Dupuis poussa la chaise. Guillaume Bremond, déstabilisé, prit place. Caroline fit de même sur l'autre chaise. Dupuis s'installa derrière son bureau et Morgane s'accouda à une étagère.

— Nous allons procéder comme d'habitude.

Le « comme d'habitude » allait se résumer à l'enquête de voisinage, aux interrogatoires, à l'épluchage des dossiers en cours de Caroline et des anciens — ceux qui avaient permis l'incarcération des dealers en tôle —, aux écoutes téléphoniques, à la lecture des SMS et des e-mails, aux écritures sur les réseaux sociaux, à une éventuelle demande de rançon et à d'autres investigations, mais toute cette énumération Dupuis la garda pour lui. Il ne parla que du comportement qu'auraient les ravisseurs ; le schéma classique qui se répète. Il fallait conserver l'effet de surprise et semer des graines pour récolter en un minimum de temps ; avoir à l'esprit que dans une histoire d'enlèvement les premières heures sont cruciales, a fortiori lorsque l'enfant est en bas âge. À dix-huit mois, on a aucun souvenir de ce qui s'est produit, d'où la sournoise malléabilité qu'opérait le kidnappeur, pire que le syndrome de Stockholm.

9

Le signal orangé indiquant le niveau d'essence clignotait sur l'écran du tableau de bord. La réserve était entamée. À la vue de la distance parcourue qui s'affichait, il était urgent de remplir le réservoir.

Émilie Richier regarda une fraction de seconde dans le rétroviseur central de la DS 5. L'enfant s'était endormi, bercé par les notes de musique classique diffusées par les haut-parleurs et Micha aussi. La chienne ronflait doucement sur les cuisses du bambin. La conductrice écouta un instant les respirations provenant de la banquette arrière et enclencha le clignotant en direction de la station-service, la dernière avant d'atteindre le chalet.

Des néons éclairaient faiblement les pompes de distribution automatique. Elle coupa le moteur, sortit et ne claqua pas la portière de peur de réveiller ses « petits amours » comme elle les appelait. Elle décrocha le pistolet. Les vapeurs d'essence se mêlèrent à l'air glacial de ce mois de décembre en altitude. Les premiers flocons étaient tombés en début de semaine ; une partie avait fondu sous la pluie les deux jours précédents ; le peu qui restait était une neige grise et sale poussée sur le côté pour ne pas incommoder la clientèle. Elle frissonna, raccrocha le pistolet, récupéra le ticket qu'elle inclurait dans ses frais mensuels pour la comptabilité du big boss et remit le contact. Le plein qu'elle venait de faire la rassura. Elle démarra. L'enfant dormait toujours.

La route déroulait son asphalte grisâtre au milieu des épicéas. Absence de clarté lunaire. Nulle étoile au firmament. Le plafond était bas. Un ciel gris accompagnait les voyageurs depuis une centaine de kilomètres. Illuminées par les feux de route, les branches à la lueur blanchâtre, donnaient à voir un paysage spectral. Il neigerait bientôt ; demain ou après-demain.

La voiture s'engagea sur le chemin forestier, esquivant les ornières creusées à l'automne par les nombreuses pluies.

Quelques centaines de mètres chaotiques.

Émilie Richier arrêta la DS 5 sur ce qui avait été autrefois un parking entretenu joliment gravillonné et qui n'était plus aujourd'hui qu'un vulgaire tapis d'aiguilles d'arbres malades emportées par le vent. La forêt se mourrait et la conductrice s'en désola. À chaque visite, elle se promettait de remédier à cette maladie destructrice en contactant le garde forestier qu'elle connaissait depuis sa tendre enfance, un homme qui n'était pas avare de conseils ; puis, les congés finis, elle quittait les lieux en les laissant dans un état aggravé. Pourtant le remords la tenaillait systématiquement dès qu'elle s'engageait sur l'autoroute l'emportant vers la civilisation, et elle jurait que la prochaine fois elle aviserait. Et la prochaine fois, c'était maintenant, ce vendredi 19 décembre à vingt heures passées. Elle regarda à travers le pare-brise sa propriété. Les phares firent luire les tavaillons du chalet qui recouvraient les murs et le toit, un héritage familial à la mort de ses parents. À certains endroits, les planchettes de bois assurant l'étanchéité étaient disjointes ; elle s'était promis d'engager un couvreur afin qu'il procède à une vérification complète, mais, le manque d'argent avait remis les travaux à une prochaine fois. Encore une. Avant de descendre, elle chercha la clé dans son sac à main. Elle attrapa son trench et sortit du véhicule.

Vêtue de ce léger manteau, Émilie Richier stoppa sous le porche. La difficulté qu'elle eut à ouvrir la porte devint un supplice. Les doigts cherchèrent l'interrupteur. Le plafonnier s'alluma. La fatigue aidant, un trop-plein d'émotions la submergea et elle fondit en larmes dans l'entrée. Des larmes de joie et des larmes de peine à la vue des objets retrouvés. Les souvenirs affluèrent, les bons et les mauvais, les mauvais transformés en bons avec l'évocation du passé, des mauvais s'effaçant avec les années aussi certain que deux et deux font quatre. Tout était là, immuable, figé par une fine poussière qu'elle ôterait demain matin, le rituel de la venue. Il y avait le vieux divan aux ressorts qu'on sentait sous les fesses et qu'elle avait l'intention de remplacer par un canapé moderne, les coussins tricotés, la chaise basse paillée à haut dossier aux maints trous de vers qu'utilisait sa mère lorsqu'elle cousait à la lueur des flammes devant la cheminée, les revues et les livres sur l'étagère — surtout des polars qu'elle dévorait au cours des longues après-midi passées à se détendre puisqu'il n'était pas question d'avoir un téléviseur ici, ni de téléphone fixe et encore moins de mobile, l'endroit se situant en zone blanche —, l'authentique maie bourguignonne qui servait de fourre-tout ; et puis, il y avait ce parfum incomparable, un mélange de cendre froide et de renfermé comme dans celui des maisons laissées à l'abandon dans les villages en ruine vus en roulant sur l'autoroute. Elle contempla ce passé encore un moment et se rua vers les radiateurs électriques dont elle tourna les thermostats à fond. Elle avait froid. Réflexe. Elle fonça vers la cheminée. Dans le panier posé sur la plate-forme, il y avait les bûches, les brindilles, le papier journal et les allumettes. Son père lui avait appris comment préparer un bon feu. Elle refit les gestes et les flammes ne tardèrent pas à lécher les pierres réfractaires. Les branches sèches craquèrent, le chalet craqua lui aussi sous l'action de la douce chaleur imprégnant les murs ; l'habitation reprit vie.

Soudain, un sanglot précéda un aboiement. C'était le spitz nain qui avait reconnu les lieux et réclamait à sortir du véhicule, sautant sur le siège conducteur, effrayant le môme réveillé en sursaut.

Émilie Richier se précipita vers l'extérieur. Elle ouvrit les deux portières en même temps et déboucla la ceinture de sécurité de l'enfant. « Mon bébé, je suis là » dit-elle en le prenant dans ses bras. Elle le berça tendrement jusqu'au canapé face à la cheminée et le coinça dans les coussins.

« Attends-moi, je reviens. »

Lucas regarda s'éloigner la femme avec des yeux ronds comme des billes. Il chercha à reconnaître ce visage inconnu, l'oublia et caressa de nouveau le chien qui avait sauté sur les coussins. Lui, il l'aimait bien, il aimait la langue râpeuse sur ses mains. Il ignora les va-et-vient de la femme qui déposait des sacs, des cartons et des valises dans l'entrée. Puis, il glissa vers le sol. Il s'approcha du feu. Il avança vers l'âtre. Il voulait toucher ces drôles de formes jaunes qui dansaient toutes seules.

« Non ! »

Elle avait hurlé en courant vers lui. Elle le souleva, l'empêchant d'atteindre les jolies formes.

« Pourquoi tu me fais ça à moi ! Tu aurais pu te brûler ! Tu dois m'écouter ! Et arrête de pleurer, j'ai eu très peur ! »

Elle s'empara du chiffon qui lui servait à se nettoyer les mains après avoir manipulé le bois et lui essuya le visage avec.

« De toute façon, j'avais fini de décharger la voiture. Je te mets au bain. Heureusement que le chauffe-eau est au gaz propane et que la bouteille est neuve. Cela va te détendre. »

Dans la salle de bains, elle remplit à moitié la baignoire et déshabilla Lucas.

« Comme tu as grandi mon bébé. Je devrais plutôt dire mon petit bonhomme maintenant. »

Elle le déposa sur l'antidérapant en plastique bleu qui tapissait le fond de ladite baignoire. L'eau lui arrivait au-dessus du nombril.

« Tiens, prends ça pour t'amuser, Valentin. »

Elle lui tendit le porte-savon bleu marine incassable.

Lucas serra l'objet et s'amusa à le faire couler.

Elle le contempla tout en enlevant le trench qu'elle avait encore sur elle.

Assise sur l'abattant de la cuvette des w.-c., le vêtement sur les genoux, l'étonnement défigurait les traits du visage d'Émilie Richier.

Tu as vraiment beaucoup grandi, Valentin, dit-elle en s'adressant à l'enfant. Étrange phénomène. J'ai les yeux bleus, ton père a les yeux bleus, et les tiens ont changé de couleur depuis ta naissance. Ils ont foncé. On dirait qu'ils virent au marron. Je pensais que tu avais conservé ta couleur bleue comme nous. Comme quoi la génétique n'est pas une science exacte.

10

23 heures 30 dans une maison de ville.

Cela faisait déjà cent vingt minutes qu'elle martelait le carrelage avec ses talons comme un lion en cage. Elle trépignait de droite à gauche et de haut en bas. L'équipe avait refusé catégoriquement sa participation.

Frustration suprême.

Les consignes avaient été communiquées aux services adéquats. Ils avaient pris le relais suite à l'alerte, concernant l'enlèvement, diffusée dans les médias.

Bien sûr que le capitaine Dupuis et Morgane resteraient sur le pont — on ne quittait pas le navire dans la tempête —, mais elle, on l'avait débarquée au premier accostage manu militari tout en ménageant sa susceptibilité ; et elle se retrouvait là, entre ses quatre murs, à se ronger les ongles, activité qu'elle n'avait plus faite depuis son adolescence.

Caroline ne s'était pas déshabillée. À quoi bon aller se coucher lorsqu'on sait pertinemment qu'on ne fermera pas l'œil. Elle avait même décliné l'offre de son ex à rester à ses côtés pour la réconforter et affronter cette terrible nuit ; un élan de bonté d'âme qui l'avait surprise — ne dit-on pas que face à une tragédie les rancœurs sont mises entre parenthèses. Devant son refus, elle le revoyait montant dans sa voiture, penaud, animal battu la queue entre les jambes, dos voûté, comme si le ciel lui était tombé dessus. Seulement, il n'y avait pas que l'univers du père qui s'était effondré, le sien aussi avait volé en éclats.

Seule dans cette demeure devenue soudainement trop grande, trop vide et trop silencieuse, elle monta l'escalier et s'arrêta devant la porte de la chambre de Lucas. Comment réussir à en franchir le seuil ? Elle posa son pouce et son index sur la poignée. Lentement, la poignée s'abaissa et revint à sa position initiale.

Non. Je n'y arriverai pas. Pas ce soir. Pas maintenant.

Elle descendit les marches et entra dans la cuisine aux tons orangés qui lui parurent une insulte à son malheur. À cet instant précis, elle ne songeait qu'à la noirceur, elle respirait l'obscurité, elle ne vivait qu'en gris. Elle écarta le rideau de la fenêtre donnant sur le jardin et le portail. Sous le tilleul, elle distingua la balançoire fabriquée par son père à elle à partir d'une simple planche de bois et de bouts offerts par un ami marin. L'objet oscillait doucement, poussé par une main invisible. L'alignement des pots en céramique blanche orientés vers la rue renvoyait l'éclat des bornes qui éclairaient la pelouse à l'herbe rabougrie — ils seraient fleuris au printemps. Une rue désespérément vide, sans un chat errant miaulant dans la nuit ou un chien aboyant après un passant. Personne à l'horizon. Elle lâcha le rideau qui reprit sa place en un froissement d'ailes de papillons — elle l'avait choisi pour cette impression de lépidoptères aux milles couleurs. Elle alluma la bouilloire électrique. Elle prit un sachet de tisane « Douce soirée » qui lui arracha un triste sourire.

Tu parles d'une soirée douce. Pourquoi pas « Nuit tranquille » tant qu'à faire. Je ne sais pas pourquoi je tiens à boire cette infusion alors que je doute de son efficacité à calmer mes nerfs. Répétition avant d'aller dormir d'une action ridicule ce soir.

Elle avait dit « Non » aux somnifères conseillés par les collègues qui avaient argumenté à juste titre que le Doliprane ne calmerait pas son anxiété.

La bouilloire s'éteignit. Elle versa l'eau fumante sur le sachet et emporta le mug dans le salon avec la boîte du fameux paracétamol tant décrié.

Assise sur la banquette en tissu grège, soufflant sur le breuvage, les pieds sous les fesses, elle regardait les jouets qui traînaient par terre. Le ballon en mousse, les cubes en bois, la voiture Ficher Price ; des jeux manipulés par Lucas le matin qui n'avaient pas été rangés dans le panier en tissu avant leur départ pour la nounou. À côté du chiffonnier à cinq tiroirs se trouvait le sapin artificiel qui n'avait pas encore été décoré. La mère et le fils devaient s'en occupaient ce week-end. Devant elle, dans le carton posé sur la table basse en Manguier aux pieds octogonaux, elle apercevait les boules, les cœurs, les pommes et les étoiles, tous de couleur rouge et or.

On ne devrait jamais remettre au lendemain ce qu'on peut faire le jour même, car on ne sait pas ce que nous réserve l'avenir. Tant d'imprévus jalonnent notre quotidien. Mais qu'est-ce que je raconte ? Je déraille complètement. Je suis à côté de mes pompes. Mon cerveau déraille. Lucas, mon amour, où es-tu ?

Des larmes coulèrent, silencieuses, sur ses joues. Elle ne les retint pas.

Je dois être forte pour lui, pour nous deux, pour être opérationnelle et prouver au capitaine qu'il est contre productif de m'écarter. Ne plus être sur le banc de touche.

Elle tira de la poche de son pantalon la montre gousset en argent de son grand-père maternel. Elle ouvrit le boîtier aux feuilles de chêne entourées d'arabesques gravées dans le métal. Les aiguilles indiquaient 0 h 53. D'un coup sec, elle le referma.

Elle posa le mug sur la table basse. Elle détourna le regard des jouets. Elle eut l'idée d'allumer le téléviseur pensant qu'il serait un bon dérivatif. Bien mal lui en prit. À peine avait-elle commencé à s'intéresser au documentaire sur Arte « La flore et la faune des marécages » que la bande d'annonce défila comme un sous-titre. La frimousse souriait sur l'écran. Des mots détaillés les habits, l'endroit où il avait été vu la dernière fois, le téléphone a appelé. Elle eut envie de vomir, coupa le poste et jeta la télécommande sur son flanc droit.

Inutile de se voiler la face, la réalité s'étalait en audiovisuel.

Elle tendit le bras pour éteindre le lampadaire sur sa gauche.

Il y a des soupirs qui ressemblent à des larmes, qui suivent le contour des lèvres avant de tomber mollement sur le sol. La consonne s'accroche à la douce voyelle, alors s'écrit sur le tapis le message du désespoir.

Elle s'allongea en chien de fusil, posa la tête sur un coussin rectangulaire et fixa la pénombre. Puis elle ferma les yeux. Elle se força à garder les paupières closes. Ne plus voir ce qui existait autour d'elle. Ne plus voir les photographies de Lucas dans les cadres qu'elle avait disposés un peu partout dans la maison. Lucas dans son couffin à la maternité. Lucas dans les bras de son grand-père. L'anniversaire de Lucas, un gâteau avec une bougie plantée en son centre. Lucas, debout, tenant la main de son père. Lucas, Lucas, Lucas…

Seulement sombrer dans le néant.

11

« Pourquoi cela ne te plaît-il pas, Valentin ? Tu adorais cette marque de petit pot il n'y a pas si longtemps, et, ce soir, tu n'en veux pas. Ce n'est pas le biberon, que tu as avalé à dix-sept heures, qui suffira à te nourrir et à calmer ta faim. Et puis arrête de geindre, s'il te plaît. Je suis fatiguée, tu es fatigué, on est crevé tous les deux. Nous avons besoin de dormir et Micha aussi, alors dépêche-toi. »

Émilie Richier leva le poignet, engagea la cuillère à soupe remplie du mélange patates douces, carottes et veau, dans la bouche de Lucas en train de chouiner, et d'un coup bref fit glisser la nourriture industrielle. À peine eut-il senti le contact des aliments contre son palais qu'il cracha le tout, en un jet puissant, vers sa tortionnaire.

« Et merde ! Pourquoi tu agis comme ça avec moi, Valentin ? Et je t'interdis de descendre de ce tabouret pendant que je vais chercher une éponge pour nettoyer les dégâts que tu as causés ! »

Lucas, coincé entre la table en sapin et le mur, n'avait pas l'intention de descendre de son siège. Il était terrorisé par cette dame qui ne comprenait pas qu'il était prisonnier de cette grenouillère trop petite pour lui, que l'élastique de cette couche le serrait au ventre et aux cuisses, et qu'il avait terriblement sommeil. Il hoqueta.

« Bon ! Je le donne à Micha ! Passons directement au dessert ! Compote pommes-poires. J'espère que tu apprécieras ! »

Elle plongea la cuiller dans le pot de la marque Nestlé et préleva une grosse quantité de fruits cuits mixés.

« Tiens ! Mange cette fois et termine ton repas ! Je souperai après t'avoir couché. »

Au goût sucré sur ses lèvres, Lucas accepta d'avaler entre deux hoquets. En moins de cinq minutes, le pot fut vidé. La dame semblait calmée. La voix était adoucie.

« Tu as soif, mon bébé ? Regarde le beau verre que je t'apporte. »

Lucas tendit les mains pour s'emparer du gobelet en plastique rouge, voulut boire seul et renversa l'eau sur lui.

« Et voilà ! Tu recommences, Valentin ! Tu le fais exprès ou quoi ! Comment peut-on être aussi maladroit ! Il va falloir que je te change maintenant ! Comme si je n'avais pas assez de boulot ce soir à devoir ranger les affaires ! Allez, viens ! »

Elle souleva Lucas par les épaules et le déposa sur le canapé. Lucas recommença à pleurer à cause du linge mouillé sur sa peau.

« Ah, surtout, ne continue pas à pleurnicher ! »

Micha posa ses pattes sur le bras de l'enfant.

« Tu as raison ma fille, console-le et qu'on en termine. »

Le spitz nain reprit son léchage sur le corps de Lucas.

« Heureusement que la couche n'a rien eu. Au prix qu'elle coûte. »

Vite fait, mal fait. Emballé comme un paquet de linge sale dont on se débarrasse, elle transporta Lucas jusqu'à l'unique chambre du chalet. Il y avait là un grand lit à deux places et un lit une personne. Elle le coucha dans le petit, rabattit la couverture et lui donna le lapin rose en peluche qu'elle avait eu en cadeau d'anniversaire à ses six ans dont elle avait mordillé l'oreille jusqu'à la trame.

« Qui dort, dîne ! » s'exclama-t-elle, puis elle réalisa ce qu'elle venait de dire. « Oh pardon mon bébé. Pardon. J'ai eu une rude journée aujourd'hui. Fais de beaux rêves. » Elle l'embrassa sur le front et quitta la pièce.

« Soupons Micha. Il est tard. Tu dois avoir faim. ».

Repas cuisiné sous-vide.

Elle enfourna un plat de nouilles chinoises au poulet dans le micro-ondes.

Croquettes dans la gamelle.

Quatre minutes.

Ding !

« Tu vois, on ne l'entend plus, Micha. Je me demande pourquoi il braillait autant tout à l'heure. Je ne le reconnais plus. Lui, si sage, il a été aussi infernal que les gosses capricieux que je croise au supermarché se roulant par terre devant leurs parents débordés. Je ne l'ai pas élevé ainsi. Je mets son comportement sur la fatigue du voyage et j'espère que cet épisode ne se renouvellera pas. Les retrouvailles sont difficiles à vivre. Enfin, après une bonne nuit de sommeil, cela ira mieux. Ce soir, pas de café, ni de câlin, Micha. Je range encore un peu et on dort. »

Elle s'affaira à déplacer ce qu'elle avait amené. Les sacs de victuailles dans la cuisine, les valises dans la chambre à coucher et les cartons dans le salon. Ensuite, elle alimenta le feu en superposant plusieurs bûches. Les flammes reprirent de la vigueur.

Elle partit se doucher.

Mon Dieu, quel bonheur d'être ici, dit-elle en se déshabillant.

12

Elle avait sombré dans les bras de Morphée dès que sa tête avait touché l'oreiller. Tout ce dont elle se souvenait, c'était la respiration calme de Valentin tourné vers elle. Elle l'avait couché sur le dos avant de souper, et il avait changé de position pendant son absence comme s'il désirait sa présence réconfortante dans la pièce. Elle lui avait souri en se glissant sous les draps et l'avait contemplé un instant. Elle aurait voulu lutter encore et encore, savourant cette félicité, mais le marchand de sable avait eu raison de sa lutte en favorisant l'endormissement et les paupières trop lourdes s'étaient refermées sur un monde enchanteur. Elle ne se rappelait pas avoir rêvé ; seul, l'apaisement à son réveil signifiait que les songes avaient été consolateurs. Exit les cauchemars et l'anxiété.

Émilie Richier étira ses bras et ses jambes. Elle se leva. Lucas dormait. Le lapin rose était tombé sur le parquet. Elle le ramassa et le coinça sous la menotte. Elle se dirigea vers la salle de bains pour uriner en marchant sur la pointe des pieds ; la peur des lattes qui font du bruit. Ensuite, elle envisagea de préparer le petit-déjeuner.

Café noir et biscuits énergétiques pour elle. Biberon de chocolat tiède pour lui. Croquettes pour la chienne.

Micha avala goulûment sa nourriture et jappa devant la porte. Elle souhaitait sortir. Le temps que sa maîtresse lui ouvre, la cafetière italienne chanta sur la cuisinière et le lait déborda de la casserole.

« Et merde ! C'est bouillant ! »

Elle entendit remuer dans la chambre. Un bruit sourd suivit.

Lucas s'avança vers elle en se frottant les yeux.

« Tu es là mon amour. C'est bientôt prêt. Tiens, regarde. Le lait refroidit. J'y ai ajouté du Nesquick, la poudre chocolatée que tu adores. » dit-elle en le soulevant.

Lucas tenta de se dégager de ces bras étouffants qui l'importunaient. Elle resserra son étreinte. Micha aboya à l'extérieur. Elle alla lui ouvrir en tenant fermement Lucas contre ses seins. Il s'agita de plus en plus.

« Tu veux t'amuser avec Micha ? Dis-le moi au lieu de gigoter, Valentin. Pendant ce temps, j'en profiterai pour te préparer ton biberon. »

Elle le posa au milieu du salon. Le feu était éteint dans l'âtre, le bois n'était que cendre.

Dans la cuisine, elle les entendit jouer. Pour la première fois depuis leur voyage, elle perçut le rire de Lucas pendant qu'elle s'échinait à frotter la pellicule de lait qui s'était répandue sur la cuisinière.

Biberon tiède.

Lucas voulut s'en emparer pendant qu'elle arrangeait les coussins sur le canapé.

« Attends mon amour. »

Elle l'assit sur ses genoux et l'inclina vers son épaule. Il se débattit. Elle le plaqua contre elle tout en gardant le biberon.

« Tu as si faim que ton impatience va te jouer un vilain tour. Tu risques d'avaler de travers. »

Lucas sanglota. Désespoir d'un breuvage inaccessible. De grosses larmes roulèrent qu'elle sécha avec la manche de sa liseuse. Il profita de cet instant pour attraper le biberon et le porter à sa bouche. Il téta d'une manière vorace, entrecoupé par les sanglots.

« Tu es aussi pressé que Micha ! »

Du lait coula dans son cou.

« Oh, non, Valentin, pas ça » gémit-elle. « Je n'aurai jamais assez de linge propre si tu continues à te salir autant. Ne bouge pas. Je vais chercher un torchon. »

Elle le cala entre deux coussins. Le temps qu'elle revienne, le biberon était vide, la tétine tachant le tissu du vieux divan.

« Dis donc, tu as bu d'une traite ton lait ce matin. Je suis contente. Tu te débrouilles comme un petit homme qui n'est pas très habile. Chaque jour, je t'apprendrai. Puisque tu as fini, je vais chercher mon café et après, nous ferons une flambée. Aujourd'hui est un grand jour. Nous décorons le chalet, Valentin. J'ai prévu les guirlandes, les boules, et j'ai songé à emmener le sapin artificiel. Nous aurons aussi besoin de branches qui agrémenteront le dessus de la cheminée. Dehors, il y en a plein ; il suffit de se servir ; nous en couperons quelques-unes. Peut-être que nous en mettrons dans un ou deux vases ; ce serait joli sur la table basse. Enfin, nous verrons l'effet produit à ce moment-là. C'est jour de fête, Valentin, dans cinq jours, et… »

Lucas n'écoutait pas. Il entendait sans entendre l'étrangère, cette nounou qui remplaçait l'autre, et pourquoi sa mère tardait-elle à venir le récupérer ?

13

Tous d'attaque dans le bureau numéro 2 du rez-de-chaussée — c'était celui du lieutenant Duharec —, pour mener le combat ce samedi 20 décembre à huit heures, et quel combat ! Chacun avait la sensation d'être concerné personnellement : Dupuis à qui on avait confié l'affaire, Morgane qui n'arrêtait pas de songer qu'elle aurait pu être à la place de son amie avec l'enlèvement de sa fille, et la brigade des stups représentée par le capitaine Marc Gillet, quarante-deux ans, divorcé d'un premier mariage et père de deux enfants âgés de neuf et douze ans dont la mère avait la garde, remarié avec Morgane depuis trois ans et père de la petite Julie âgée de huit mois, et coéquipier de Caroline. Trois officiers sur les charbons ardents qui avaient peu dormi et qui allaient se partager les tâches. Les visages impavides masquaient l'inquiétude et ce n'était pas l'étalement bariolé des dossiers sur les étagères qui suffiraient à positiver leur état psychique. Encore moins la chemise à élastique fuchsia posée sur l'imprimante destinée à recevoir les fax et autres feuillets imprimés. Dupuis ouvrit le bal en adoptant un ton exempt de toute forme d'humanité. Il protégeait sa faculté à dénouer la pelote de ces fils emmêlés qui seraient autant de pistes à examiner.

— Récapitulons depuis hier soir. Morgane ?

— J'ai téléphoné à Caroline au saut du lit. Pas d'appel du ou des ravisseurs. Son ex ne s'est pas manifesté non plus. Hier soir, il lui a demandé si elle souhaitait qu'il dorme chez elle en tant que soutien moral ; elle l'a évincé dans le genre « Va te faire foutre. »

— La nounou en question ?

— Elle doit passer dans la matinée pour confirmer sa déposition.

— La famille ?

— Caroline a prévenu sa mère qui est directrice d'école, donc disponible ; quant à son père qui est plombier, il expédie les rendez-vous urgents pris pour aujourd'hui et reporte les autres à Lundi. Ils devraient être là dans la soirée.

— Bien. Et du côté des Bremond ? Elle a dit quelque chose ?

— Rien de plus qu'hier. Elle ne les voit plus depuis la requête en divorce.

— On peut comprendre, dans ce cas, je m'en occupe. Je vais leur demander de venir fissa avant que leur fils ne se pose en victime lui aussi. Après le cirque qu'il nous a fait hier, on peut s'attendre au pire. Il a intérêt à coopérer et ses parents aussi. Capitaine Gillet ?

— Je diligente mes gars dès que je serai à la brigade. Nous éplucherons les dossiers du lieutenant, les « en-cours » et les « anciens ». J'évaluerai sur le tas concernant la remontée des dates. J'ai entendu l'annonce à la radio en venant chez vous. Le nom de Sueur n'ayant pas été communiqué aux médias, l'info ne perce pas. On garde l'avantage.

— La brigade de sécurité urbaine visionne les enregistrements vidéos des caméras des rues en ce moment. Je doute qu'elle tape. Le lieutenant Sueur avait déjà vérifié celles du centre commercial et du parking. Rien. Il n'y en a pas non plus au niveau du parc. L'endroit n'est pas en zone sensible, enfin, jusqu'à hier. En ce qui concerne l'écoute téléphonique de la ligne du lieutenant, je passerai un coup de bigophone au tribunal. J'ai l'espoir d'avoir un juge d'instruction compréhensif à la vue du contexte. Dans tous les cas, je fais confiance au lieutenant Sueur pour enregistrer les conversations. La procédure n'est pas un mystère pour elle, et de toute manière, nous aurons les relevés dans la matinée avec tout le toutim.

— Et du côté de l'informatique ? questionna Marc.

— Ça roule. Le service trie.

— Et du côté des pédophiles ? demanda à son tour Morgane.

— Tu peux t'en charger ?

— Pas de souci, Jacques, je prends.

— Les hôpitaux ? Les cliniques ?

— Nous avons communiqué de suite le signalement aux locaux avant que ne commence la diffusion de l'alerte. L'appât est lancé. À voir si ça mordra. Je crois que nous avons fait le tour de la question pour l'instant. Je coordonne ici jusqu'à l'audition de la nounou et je vous donne les infos au fur et à mesure, et vice-versa. Tu as dit quelle heure déjà concernant la nounou ?

— Dix heures.

— J'ai deux heures à tuer. Je file chez le lieutenant et je rentre au bercail. Vous avez vos instructions.

— Affirmatif, clamèrent Morgane et Marc d'une seule voix.

14

La fatigue avait pris le dessus sur l'insomnie. À neuf heures trente, Caroline s'éveilla, ces cernes violacés comme des boulevards qu'il lui faudrait dissimuler avec un fond de teint, portant les vêtements de la veille, la nuque raide et le dos meurtri par la position inconfortable d'un corps qui est ni allongé ni assis au cours d'une nuit peuplée d'appels à l'aide ; une nuit où ces appels l'avaient terrifiée à chaque fois qu'elle avait ouvert les yeux ; une nuit où elle avait eu froid malgré le plaid en pure laine vierge avec lequel elle s'était enveloppée.

Lasse, elle dialoguait avec elle-même. Elle soliloquait en dodelinant, se demandant à nouveau pourquoi elle ? Pourquoi son fils ? Pourquoi ? Pourquoi ? Pourquoi ?

Quelqu'un appuya sur la sonnette. Elle émergea de ses réflexions.

Elle écarta le rideau de la baie vitrée du salon. Elle distingua une silhouette dans la rue. Elle ne la reconnut pas de suite, puis son visage s'éclaira.

Le visiteur est assurément porteur d'une bonne nouvelle, sinon, pourquoi venir jusqu'ici, pensa-t-elle en déclenchant l'ouverture du portail électrique.

Elle ne doutait pas de sa certitude.

Déconvenue. Ce fut à ce moment précis qu'elle comprit l'étendue de sa méprise. La gravité des traits du capitaine Dupuis accentuait son allure revêche. En le voyant avancer, il lui sembla qu'il portait sur ses épaules le fardeau qui était le sien. Elle blêmit. Les mots bloqués dans sa gorge y restèrent jusqu'à ce qu'ils soient assis dans la cuisine, l'un en face de l'autre. Ce fut Dupuis qui rompit le silence. Il fallait être prudent quant au choix des questions ; ne pas l'offenser davantage.

— Ça va ? Vous tenez le coup, lieutenant ?

Caroline, enfermée dans son mutisme, l'observait. Sur l'échelle des émotions refoulées, elle était à la fois tranquillisée et alarmée. Que répondre lorsqu'on vit dans l'angoisse permanente de la fin probable d'un être cher.

— Avez-vous reçu des intimidations à votre encontre ? Des insinuations ? Un chantage ?

— De la part des Bremond ?

— Ou bien en rapport avec votre métier ?

— Non. Pas que je me souvienne.

Que les kidnappeurs ne se soient pas manifestés semblait bizarre à Dupuis. Ce n'était pas la procédure.

— Réfléchissez, lieutenant. Une menace lors d'une arrestation à laquelle vous n'auriez plus songé par la suite ?

— Dans ce cas, j'ai effectivement eu droit à cet épisode verbal à l'automne. Au mois d'octobre pour être précise. La date exacte, je ne me la rappelle pas exactement. Il faudrait que je fasse des recherches.

— Nous chercherons pour vous. Racontez-moi.

— Un dénommé Colias qui a gueulé qu'il se vengerait lorsque le juge d'instruction a annoncé la détention provisoire avant le procès. Il croupit en taule.

— C'est le seul ?

— Proférant à voix haute sa vengeance, oui. Pour ceux qui ruminent dans leur coin, allez savoir.

— Bien. Je commencerai par lui. Et avec la nounou, des problèmes ?

— Aucun. J'ai confiance.

Dupuis était loin d'être convaincu par cette affirmation, et il attaquerait la garde maternelle dans ses derniers retranchements, tout à l'heure, au commissariat. Un expert, le capitaine, dans ce domaine.

— Le téléphone a-t-il sonné depuis hier soir ?

— Non. Je vous aurais appelé de suite.

— Vous avez reçu une lettre ?

— J'avoue ne pas avoir vérifié.

— Dans ce cas, allons-y. Et j'en profiterai pour partir, pensa-t-il.

La boîte aux lettres était vide. Il s'installa au volant du véhicule de fonction. Caroline s'apprêta à ouvrir la portière passagère ; Dupuis stoppa son geste en baissant la vitre.

— Non, lieutenant. Vous ne m'accompagnez pas. Vous ne pouvez pas interférer dans cette enquête. Vous nous êtes utile chez vous, cela évite l'emploi d'un agent, et vous avez besoin de repos. Je vous tiendrai informé au cours de la journée du déroulement.

Se reposer ! Comme si je le pouvais. C'est une torture de m'évincer. Se morfondre à domicile est une souffrance morale insupportable. Je ne peux subir l'attente plus longtemps, j'en deviendrai folle. Pourquoi ne le comprennent-ils pas, eux, les vivants qui s'activent alors qu'ils m'ont condamné à l'inaction, cloîtrée dans une demeure où j'étouffe, où le silence m'évoque l'enlèvement de Lucas. Il me faut agir. J'en glisserai un mot à Morgane vers midi. Je participerai malgré l'interdiction à ma façon.

Elle rentra chez elle, s'empara d'un bloc-notes — elle en avait plusieurs dans un des tiroirs de la commode du salon, celui où elle rangeait ses affaires de flic, sa main trembla quand elle attrapa le premier de la pile —, et commença à lister tout ce qui lui passait par la tête. Ensuite, elle trierait. Elle avait enfin trouvé une occupation. Désormais, ce serait elle le chasseur.

Imagine le moyen d'y parvenir.

15

Après avoir bu sa troisième tasse de café et après avoir consulté les fiches des délinquants sexuels ayant purgé leurs peines de prison et ceux soupçonnés de l'être, un visage avait capté l'attention de Morgane ; l'intensité dans le regard aux iris noirs et aux paupières tombantes qui saisissaient d'effroi celui ou celle qui le croisait. Sur la photographie, les années avaient modifié le visage, mais l'expression était identique ; une expression vicieuse aux pensées sournoises qu'elle avait remarqué sur les images enregistrées au-dessus des rayons fournies par les caméras de surveillance du supermarché que la brigade s'était procurée. Elle avait noté la dernière adresse connue des services de police et conduisait vers le domicile de l'homme situé à La Chapelle Saint Luc.

Quand elle eut coupé le moteur, Morgane s'enquit de l'heure auprès d'un passant — la pile de sa montre avait rendu l'âme, il fallait dénicher un bijoutier avant la fin de la journée.

9 heures 30.

L'homme chez qui elle se rendait n'étant pas de première jeunesse, elle avait supposé qu'il serait chez lui un samedi matin.

Sinistre, là où il crèche, pensa-t-elle en visualisant ce qui l'entourait. La municipalité a beau faire des efforts de rénovation, cet immeuble est à la fin de la liste des priorités. Misère. L'insalubrité perdure dès qu'on s'éloigne du centre-ville.

La porte d'entrée dudit immeuble couinait aux quatre vents. Le digicode était en fin de vie, à moitié arraché de son support, et le boîtier pendait lamentablement au bout des fils électriques.

Morgane pénétra dans l'antre de la bête. L'odeur forte d'urine mélangée à celle d'excrément imprégnait l'air. Elle n'eut aucun mal à identifier le coupable. Un chat roux aux poils hirsutes miaulait désespérément devant une porte, une caisse remplie de crottes à côté du paillasson, des graviers humides éparpillés autour. Devant les boîtes aux lettres, elle salua le courage du préposé aux courriers à lire les noms des occupants inscrits sur des morceaux de papier scotchés avec une écriture illisible. Par chance, celui qui l'intéressait avait été tapé à la machine. Pas d'ascenseur dans ce vieil immeuble à trois étages. Elle s'engagea dans l'escalier en apnée jusqu'au deuxième. Devant la porte de Frank Saultier, elle osa respirer et appuya sur la sonnette. L'épaisseur des murs était si mince qu'elle perçut des bribes de conversation. Elle appuya de nouveau.

« Ça va, ça va, j'arrive. »

Elle eut un choc à l'ouverture. Un vieillard en tricot de corps aux manches longues cradingues, un bas de pyjama qui n'avait rien à lui envier et des charentaises éculées aux pieds. L'homme avait soixante-sept ans aujourd'hui selon la fiche ; il paraissait en avoir quatre-vingt avec son allure rapetissée et sa barbe mal taillée, seuls l'éclat des yeux trahissaient le pédophile. Elle enregistra ce détail.

— C'est pourquoi ?

— Lieutenant Duharec, dit-elle en lui mettant sa carte sous son nez. J'ai quelques questions à vous poser.

— Vous avez un mandat ?

— Une simple conversation chez vous, c'est mieux qu'un mandat, non ?

— Je vois. À chaque fois qu'il y a une embrouille dans le quartier, on vient sonner chez moi. D'habitude, c'est la flicaille municipale qui me fait les honneurs. Si vous êtes là, c'est que j'ai pris du galon. Donnez-vous la peine d'entrer et refermez la porte derrière vous, je finis mon café. Il ne manquerait plus que je le boive froid.

Frank Saultier regagna l'espace coin cuisine du modeste studio qui consistait à un meuble en mélaminé blanc deux portes avec un évier en inox et un frigidaire top blanc sur lequel on avait posé deux plaques électriques. Sur l'égouttoir séchaient trois assiettes dont une creuse ébréchée, un verre et des couverts. Une étagère au-dessus de l'ensemble permettait le rangement des casseroles, des plats et divers ustensiles ; une autre plus profonde et moins large supportait un minifour électrique. Une table rectangulaire en bois peint en vert foncé et deux chaises à l'assise paillée complétaient l'ensemble destiné à la préparation des repas.

— Excusez le désordre, dit-il en désignant l'armoire-lit qui n'avait pas été remise en place, les chaussettes et le slip qui trempaient dans une bassine à même le sol, et les draps rejetés sur la couverture. Je n'attendais pas ce matin la maison « poulaga ».

Elle ignora la remarque, les odeurs de tabac froid lui piquant les narines, et se concentra sur son objectif. Elle sortit son calepin « Caro ». Elle parla plus fort pour couvrir le son du téléviseur.

— Un enfant a disparu hier en fin d'après-midi.

— Ouais ! J'ai vu ça au poste.

— Que faisiez-vous aux alentours de seize heures hier ?

— Les courses pour la semaine. Le vendredi, c'est moins cher, il y a des réductions.

— Où ça ?

— Comment ça où ? A la grande surface, bien sûr, comme tout le monde. Quelle question à la con !

Elle laissa couler.

— À quel magasin ?

— À Saint André.

— Et pourquoi n'êtes-vous pas allé à celui qui est près de chez vous ?

— Et pourquoi je n'irai pas là-bas ? Celui-ci est plus grand. Ce n'est pas un crime de choisir un magasin plutôt qu'un autre.

— C'est un crime, Monsieur Saultier, avec vos antécédents, quand on suit les mères et leurs poussettes et qu'on reluque les mômes.

— Qu'est-ce que vous racontez ? Elle est tordue, votre histoire.

— Nous possédons un enregistrement sur lequel on vous voit très distinctement à 15 heures 10. Vous vous attardez devant une fillette qui pousse un caddie vers une femme que nous présumons être sa mère, et vous engagez le vôtre dans les mêmes rayons qu'elles.

— Pure coïncidence.

— Et pure coïncidence si cette grande surface est proche d'un parc avec une aire de jeux pour enfants alors que le magasin d'à côté de chez vous n'en possède pas. La vidéo du parking vous montre à 15 heures 50 à l'arrêt de bus en face dudit parc.

— Je ne vais pas nier. Je vais là-bas pour les gosses, mais si vous croyez que je bande encore rien qu'en les regardant, vous vous foutez le doigt dans l'œil. Avec les cachetons que j'avale, six par jour, je ne risque pas d'éjaculer. Castration chimique à l'Androcur qu'ils appellent ça, les toubibs de l'hosto. Et puis merde ! Quinze ans de placard, des piqûres dans le cul, et finir dans ce trou à rat après ma sortie de taule, vous pensez que j'ai remis ça ! Et où il serait caché le môme ? Il serait planqué dans le sommier ? Allez-y ! Cherchez-le si ça vous amuse !

Elle se tut, curieuse d'ouïr la suite de la logorrhée. Sous la colère, le torse de Saultier faisait des bonds ce qui confirma la gynécomastie due à la prise journalière de médicaments.

— Vous n'avez qu'à vous renseigner auprès du psy. Je vous file l'adresse. Notez-la sur votre carnet.

Elle nota.

— J'ai un suivi sociojudiciaire comme dit le juge, et des analyses de sang en prime pour vérifier l'efficacité du traitement. Je suis sorti pour bonne conduite et je n'ai pas l'intention de retourner faire les dix ans qui me restent. Je ne suis pas con à ce point. C'est tout ? Vous désirez peut-être l'adresse du labo ? dit-il sur un ton ironique.

Elle nota.

— Satisfaite ?

Oui, Morgane était satisfaite. Un enfant de dix-huit mois n'intéressait pas le chauffeur de car qui avait abusé sexuellement les enfants handicapés mentaux. Ce n'était plus qu'une pauvre loque humaine vivant chichement de sa maigre retraite.

La barbe coupée aux ciseaux évite l'achat du rasoir, déduisit-elle. Il économise pour se payer un ticket de bus et assouvir un vice toujours présent. Il faudra avoir à l'œil ce salopard. J'en glisserai un mot aux collègues de la municipale.

Dans le couloir de l'immeuble, elle entendit Frank Saultier qui râlait dans sa cuisine. « Et merde ! Maintenant, c'est froid ! Putain de flic ! »

Elle haussa les épaules et descendit les deux étages en ayant oublié de bloquer sa respiration. Dehors, elle inspira profondément afin de se purger les narines avant de grimper dans sa voiture. Elle récapitula tout haut.

Un suspect de moins, et j'ai noté sur mon carnet deux prédateurs qui se tiennent tranquilles depuis longtemps puisque nous les surveillons de loin. Vérification dans la foulée auprès des municipaux. Je ne crois guère à leur culpabilité, mais, au moins, je pourrais éliminer provisoirement la piste pédophile, et me consacrer à soutenir Caroline dans l'épreuve qu'elle endure. Je saurais quoi lui raconter ce soir.

16

Pendant que Morgane conversait avec le présumé pédophile, son mari épluchait les dossiers du lieutenant Caroline Sueur avec son équipe dans la salle de réunion de la brigade des stups. Sur la grande table ovale s'étalaient les chemises des procès-verbaux, des confrontations et des mises en détention provisoire sur une période de six mois. L'équipe avait émis l'hypothèse de remonter plus loin dans le temps, dépassant l'année écoulée, mais, à l'unanimité, elle l'avait jugée inutile. D'ailleurs, avoir vu le capitaine Marc Gillet chargé comme un mulet lorsqu'il était entré dans la pièce avait confirmé l'approbation. Le nombre à se coltiner suffisait amplement. Il y avait une bonne cinquantaine de dossiers à passer en revue. Les policiers réunis écartèrent ceux considérés comme étant du menu fretin et décidèrent de s'intéresser aux individus à l'attitude répréhensible — dans ce panier de crabes s'affrontaient les acabits récalcitrants envers les forces de l'ordre : récidivistes, caïds, gueulards, récalcitrants, et autre engeance tout autant peu fréquentable.

Quatre-vingt-dix minutes de manipulation et ils étaient toujours à la tâche, un gobelet de café dans une main et une feuille dans l'autre. De temps en temps, on lançait un œil vers la pendule en s'étonnant que les aiguilles avancent si vite. On marmonnait, on maugréait, et on finissait par écrire un nom sur le tableau à tour de rôle en hochant la tête avec un sentiment de « pourquoi pas » qui en disait long sur l'incertitude. Il fallut ajouter encore une trentaine de minutes pour boucler — à trois, forcément, c'est long. Le capitaine recula pour mieux considérer l'ensemble du tableau.

— Nous avons nos champions ! clama Gillet. Qui commence ?

Le brigadier d'origine Rémoise nouvellement recruté, Yvan Lechat, un homme baraqué de vingt-huit ans, blonds aux yeux bleus, à la carnation cachet d'aspirine, prit la parole d'une voix caverneuse.

— Chez les dealers du quartier Saint Georges qui refilent du shit à la sortie des bahuts, celui-là, dit-il en entourant un nom au feutre rouge, elle l'avait sorti du lot car il veut supplanter le chef du coin en créant sa propre bande. Il semblerait qu'il recrute dans les cités en battant le tambour. De là à penser qu'enlever un gosse serait le contrat à honorer pour en être, je ne sais pas. Le test d'entrée paraît gros à avaler. Peu crédible sauf qu'avec ce Régis Lemontier rêvant de devenir le futur parrain du département selon ses notes, tout est possible.

— Elle m'avait suggéré cette éventualité, avoua le capitaine. Selon ses propos, il pousserait même le vice à convaincre les recrutés à cultiver chez eux de l'herbe. De la bonne bien de chez nous. Il y a souvent le copain d'un copain qui possède un champ ou un jardin suffisamment grand pour mêler le chanvre aux orties. On le surnomme « Le rat », car il affectionne les caves.

— Rat des champs, rat des villes, railla Lechat.

— L'idée vaut la peine d'être creusée, suggéra le sous-lieutenant Pascal Grosjean, un célibataire de trente-quatre ans qui n'avait pas sa langue dans sa poche — avec son un mètre soixante-deux pour cinquante-huit kilos, son crâne rasé et sa créole en or à l'oreille droite lui conférant un style gitan, la frêle personne musclée s'imposait en devisant en permanence. Une vente directe du producteur au consommateur. Il n'a pas inventé la méthode. Une vieille augmentait sa retraite par la vente à domicile de sa culture, je l'avais lu dans les journaux.

— Je me souviens de ce cas, approuva Lechat. Des émules avaient proliféré un peu partout sur le territoire.

— On a aussi un dénommé Andreï Nikolic Djordjevic d'origine serbe qui se fait appeler Nikos dans le milieu. Il trafique aux alentours de Châlons. Il semblerait que les infos recueillies par le lieutenant proviennent de nos indics. À vérifier sur place.

— OK. Tu t'en chargeras aujourd'hui, Pascal, puisque tu as potassé le dossier. Il n'y a pas de lourds poissons dans la nasse, et encore, on a conservé que le haut du panier.

— Il faudrait voir les taulards, conseilla Lechat.

— C'est le capitaine Dupuis qui s'y colle. Autre chose ?

— Non. Les noms inscrits se recoupent. La plupart d'entre eux opèrent ensemble. C'est les guetteurs qui fourguent de la came à l'occasion.

— Dans ce cas, vous deux à Châlons et moi je vais cuisiner le fameux Lemontier. On procède en finesse et on se retrouve chez Dupuis, maxi 17 heures ce soir. Avant, si on a fini de cuisiner ces messieurs. Je n'y crois guère à cet amalgame « enlèvement + dealer », mais comme on ne doit rien négliger, on filoche pour la collègue. Ça lui remontera le moral de savoir qu'on passe tout à la moulinette.

— Je n'échangerai pas ma place contre la sienne. Ne pas savoir, c'est pire que de le savoir mort, ajouta Grosjean, le célibataire. Merde ! Je suis content de ne pas avoir de gosse. Qu'un seul neveu.

— Tu n'as pas de gonzesse, déclara Gillet.

— Pas d'attache, pas de moyen de pression, rétorqua-t-il.

— Et la pression, il faut l'éliminer, clôtura Gilet. Pour Caroline !

— Pour Caroline ! répondirent en chœur les deux collègues en partant.

17

Régis Lemontier était dans la rue à onze heures. Lui qui préférait l'obscurité à la lumière, il haranguait les préadolescents en roulant des mécaniques. Il y en eut un qui fut amadoué par le bagout et qui le suivit.

Gillet identifia de suite le dealer. Il était facile à repérer avec sa dégaine : capuche du sweat-shirt noir camouflant une partie de sa figure, pantalon de survêtement gris foncé avec le symbole Nike imprimé sur la jambe, tennis noires. Autant ta tenue de camouflage est un atout la nuit, rigola Gillet en son for intérieur, autant le jour elle est d'une inefficacité à mourir de rire. Pas de quoi se la péter devant les potes, « Le rat », ni de jouer au chef.

Pourtant, Régis Lemontier joua au chef de bande. Il parlait fort, sûr de lui. On l'entendait de loin comme s'il voulait que les habitants du quartier comprennent que c'était son territoire. Il s'attabla à la terrasse d'un café avec sa future recrue. Ils furent les seuls clients à se geler dehors, défiant le froid ; ils furent les seuls à étaler leur bravoure à la face du monde avec leurs bras posés sur les accoudoirs de ces chaises en résine vert foncé.

Gillet saisit quelques mots.

Les phrases tronquées louaient une vie meilleure que celle des parents du môme. Le recruteur, d'un air hautain, imposait sa supériorité vis-à-vis du gamin en évaluant les capacités de celui-ci. Il le jaugeait alors que l'autre buvait ses paroles, des paroles magnifiant la libre circulation de la plante guérisseuse d'un esprit désenchanté, de l'individu qui fuit la réalité d'un quotidien pénible à assumer. Il exaltait les relations humaines à travers la vente du produit. Il effaçait du discours les convoitises des gangs rivaux et les courses-poursuites avec la police. Du bonheur facile. De l'argent à gogo.

Un gosse pubère, songea Gillet en traversant la chaussée. À mon avis, il a dans les dix ou douze ans, ce môme, avec sa gueule d'ange qui n'a jamais subi les affres d'un tribunal, et le Lemontier qui fume sa clope en buvant sa mousse et lui débite des conneries du genre tu te feras un max de fric.

Gillet s'installa à côté d'eux, obscurcissant le ciel dudit Lemontier.

— Un café noir, commanda le capitaine au serveur.

Régis Lemontier se leva aussitôt. Le gosse l'imita.

— Viens, mon pote, on s'arrache. Ça pue, ici.

— T'as peur de quoi, « Le rat » ?

Piqué au vif devant le gamin qui ne connaissait pas le surnom à la vue de son visage stupéfait, le recruteur se rassit en éloignant sa chaise de celle du flic, réputation oblige.

— Les gens causent autour de toi, Lemontier.

En guise de réponse, ce dernier écrasa son mégot dans le cendrier et cracha par terre. Il porta le verre de bière à sa bouche et siffla le quart restant. Le môme qui n'avait pas osé se rasseoir les regarda tour à tour les bras ballants, ne sachant comment réagir. Il apprenait sur le tas.

— Si je fouille tes poches, Lemontier…

Les mots percutèrent la cible.

Gillet avala son café et partit régler sa consommation au comptoir.

Régis Lemontier profita de l'instant fugace qu'offrait la décision du flic, saisissant l'opportunité au vol, une éclaircie dans la merde qui l'avait subitement entouré. Il dédaigna le montant imprimé sur le ticket de caisse et balança les pièces de deux euros dans la coupelle. Tel un Seigneur possédant un ancestral droit de vie ou de mort sur ses terres, il laissa au serveur le soin de calculer le pourboire. Il déguerpit avec le môme sur ses talons.

Gillet ricana intérieurement. Cet abruti est vraiment le roi des cons, pensa-t-il. Il pista la future recrue et l'alpaga à la sortie de la boulangerie. Brave gosse qui ramène la baguette à la maison. Il n'a pas encore les pupilles dilatées.

— Tu sais à quoi tu joues, petit ? Tu es trop jeune pour causer du chagrin à ta mère. Tu l'imagines au parloir, à patienter avec les autres qu'on te sorte de ta cellule.

Gillet sentit l'épaule du gamin qui tremblait sous ses doigts. L'enfant était à la limite de pleurer, rageant d'avoir été suivi à son insu, prédisant les représailles de Lemontier face à sa conduite.

— J'suis mineur. J'irai pas en taule.

— C'est ce que Régis Lemontier t'a raconté sauf que dans un enlèvement, un cambriolage qui tourne mal, une balle tirée sans le vouloir, c'est la correctionnelle.

— Il a pas dit ça.

— Ah, oui, il t'a promis la lune. D'abord, tu seras un « chouf » et après, tu gagneras, si tu fais correctement ce qu'il te dira de faire, ton grade de dealer. C'est ça que tu envisages comme métier ?

— Je l'aiderai, c'est tout.

— Et tu l'aideras à quoi ?

— J'suis pas une balance, crâna le môme. Vous avez qu'à le lui demander.

— T'inquiètes, mon gars, je t'aurais à l'œil et file maintenant. Rentre directement chez toi. Pense à ce que je t'ai dit. Pense un peu à ta mère. Elle en mourrait.

Gillet relâcha son étreinte et le regarda s'enfuir. Les animateurs du quartier ont du pain sur la planche avec des voyous comme Lemontier, songea-t-il. Quant à moi, je m'en vais sillonner, mais ce n'est pas le genre de Lemontier à s'attirer les emmerdes. Il n'a pas l'étoffe du truand. Le grand banditisme est tranquille. Il pissait dans son froc en me voyant arriver. Il se terre sûrement dans une cave. Pitoyable.

Gillet s'empressa de regagner le véhicule de fonction avant qu'un individu bien intentionné ne le massacrât.

18

À Châlons en Champagne, les deux policiers étaient sur le qui-vive. Pascal Grosjean et Yvan Lechat avaient secoué les indics. Une adresse avait été murmurée, répétée du bout des lèvres, qui avait évolué vers une évidence. Ils s'apprêtaient donc à débouler dans un bâtiment vétuste à la périphérie de la ville après avoir garé la voiture de fonction le long d'un des murs tagués d'infâmes graffitis que les employés municipaux ne s'aviseraient pas d'ôter au jet puissant d'un Karcher. Ils sortirent du véhicule, le blouson ouvert, la dragonne de sécurité de l'holster détaché, prêts à riposter en cas d'attaque.

Les abords avaient de quoi faire fuir les curieux, car ils s'apparentaient à un bidonville. L'ancienne usine avait perdu de son éclat. Cette biscuiterie, qui, au temps de sa splendeur assurait le plein-emploi à une cinquantaine d'ouvriers — la révolution industrielle n'avait pas balayé la main de l'homme —, était à présent le rendez-vous des rats et des chats qui les coursaient au clair de lune. Des immondices jonchaient le parking où la nature avait repris ses droits en soulevant le bitume. Des touffes d'herbe résistaient aux intempéries parmi les canettes de bière, les papiers d'emballages graisseux et les sacs plastiques. Un bidon en ferraille fumait des déchets qu'on avait récemment brûlés dedans.

— Putain ! Ça chlingue le pneu cramé ! s'exclama Grosjean.

— Arrête de te pencher au-dessus, tu vas ramener cette puanteur à la baraque.

— J'inspecte. Suppose qu'il y ait un macchabée en voie d'incinération.

— Que tu es con !

— Rigole ! S'il y en avait un, tu aurais fermé ton clapet.

— Et fais gaffe où tu mets les pieds avec les saloperies qui traînent par terre. Il ne manquerait plus qu'on se casse la gueule ; d'autant qu'on doit être surveillé derrière les carreaux dégueulasses qui ont été pétés. La bagnole n'est certainement pas passée inaperçue dans ce coin désertique.

— Un bouge en cul-de-sac qui piège l'emmerdeur, non ?

— Ou qui planque un gosse.

— Tu y crois, toi ?

— Non, mais c'est pour le lieutenant, alors j'y vais sans tergiverser. Je fais mon boulot de flic et j'évite de me poser des questions.

Ils approchèrent de la porte métallique. Elle céda sous la pression des doigts du sous-lieutenant. Les gonds rouillés grincèrent et le son qu'ils émirent creva le silence des lieux. La désolation suintait des murs en parpaings. Sinistre constat d'une vie engloutie par le progrès. En dehors des empreintes de semelle sur le béton prouvant l'existence d'une présence régulière, la poussière accumulée depuis la fermeture de l'établissement, qui recouvrait les machines inutilisées, exprimait, à elles seules, une preuve d'abandon. Des toiles d'araignées cloisonnaient l'espace en autant de pièges à insectes qui devaient pénétrer par les vitres cassées à travers lesquelles s'engouffrait un air glacial. En considérant leur quantité, on pouvait affirmer que personne n'avait dû s'aventurer au-delà des marques visibles sur le sol traçant une ligne vers l'escalier situé au fond à droite.

— Caméra en fonctionnement sur la gauche, nota Lechat.

— Bien vu, collègue.

Avant qu'ils n'aient pu avancer d'un mètre, la porte en haut de l'escalier claqua.

— Qu'est-ce que vous foutez chez moi ?

— C'était ouvert. On est entré.

— C'est les flics, cria-t-il dans la langue de Dostoïevski dévalant les marches.

— Du Russe, murmura Lechat. Je croyais qu'il était Serbe.

— Moi aussi. Apparemment, on a affaire à la mafia. On se replie.

Le temps que Andreï Nikolic Djordjeric soit à leur hauteur, ce qui ne lui prit qu'une respiration, deux malabars à la mine patibulaire commencèrent à descendre, la main droite dans le dos, avec l'intention d'en découdre.

— Qu'est-ce que tu veux ? questionna le Serbe.

Avec un crâne dégarni d'homme frisant la cinquantaine, le visage grêlé et une cicatrice lui barrant la joue gauche, Andreï Nikolic Djordjeric, dans son complet veston noir, avait le profil d'un ex-agent du KGB. Les deux gardes du corps qui se tenaient maintenant derrière lui avaient chacun un policier dans son angle de tir. Ça sentait le roussi.

— OK. On s'en va, annonça Grosjean en levant les bras. On était juste venu vérifier si ce n'était pas un nouveau squat de junkies. Il faut toujours qu'ils investissent des propriétés à l'abandon.

— Si quelqu'un vient, je le bute, répliqua Djordjeric en joignant le geste à la parole. Suis-moi, la grande gueule ; et toi, tu ne bouges pas.

Lechat regarda s'éloigner Grosjean en mesurant son impuissance. Il le vit disparaître en haut de l'escalier. Mort d'inquiétude, les secondes se comptèrent en minutes et au bout de vingt, il vit réapparaître le collègue. Soulagé, il respira profondément. Tension relâchée. Le coéquipier lui tapa sur l'épaule. Ils reculèrent jusqu'à leur bagnole en gardant un œil sur leurs adversaires.

— Alors ?

— Que dalle, l'informa Grosjean en tournant la clé de contact. C'était le bureau de l'ancien patron. Le Serbe en a fait son QG et, à mon avis, dès qu'on sera hors de portée, il aura foutu le camp. Les trois vont se barrer et l'endroit sera bientôt un squat de junkies.

— Il y avait quoi là-haut ?

— Un divan pourri, deux chaises, un bureau en acier avec un vieux coffre-fort genre Bauche à combinaison, le truc bien lourd intransportable que tu ouvres avec une clé, et un frigo d'où il a sorti une vodka. Aucun signe qu'on y avait emmené un môme. C'est la merde ! On a bousillé leur planque. Notre intervention va mécontenter les flics de Châlons. On va se faire engueuler par le commissaire divisionnaire s'il apprend notre exploit.

— Alors, ça, c'est sûr.

— Ça fait chier ! On avisera avec Gillet tout à l'heure. Je le savais que c'était une idée à la con. Les brigades s'emballent parce que c'est le gosse de Caroline et on finit par faire n'importe quoi. Qu'est-ce qu'il en a à foutre, le Serbe, d'un mioche ! Tu parles d'une menace qui n'en est pas une ! Il trafique avec la mafia Russe, ça se sent à plein nez ; un enlèvement, il s'en branle. Il a d'autres chats à fouetter, et s'il avait voulu intimider la flicaille, il a d'autres moyens à sa disposition. Il aurait pu nous butter, ce con.

— Putain ! On a gravement merdé sur ce coup-là. Il va falloir rattraper la bévue.

— Comment ?

— Je n'en ai pas la moindre idée. On va y réfléchir en roulant. On a une heure devant nous pour pondre une solution.

— C'est peu.

— Je confirme.

Silence dans l'habitacle. Les neurones fonctionnaient à plein régime.

19

Le capitaine Dupuis était à cent lieues d'imaginer le merdier dans lequel s'étaient engluées ses subordonnées pendant qu'il glanait des renseignements au domicile du lieutenant Caroline Sueur. Il espérait des réponses à leur retour, car en face de lui, des réponses provenant de la personne assise dans son bureau, il n'en obtenait pas. Il écoutait avec une infinie patience, ce dont il ne se serait pas cru capable auparavant, un galimatias qui aurait fait perdre son sang-froid à une vaillante oreille.

Fatou Edou avait souhaité mettre en valeur sa personne pour cette convocation. Dans cette optique, elle portait ses atours du dimanche qui consistaient en un jean clair, un pull en laine aux rayures bleues, vertes, jaunes, orange et rouges, et des bottines en simili cuir achetées spécialement pour les grandes occasions. Et dans cette pièce intimidante, la chaleur pulsée par les radiateurs rosissait ses joues, et l'incommodait tellement qu'elle ne sût quelle position adoptée sur cette chaise qu'elle qualifiât d'inconfortable à ses yeux. Elle déboutonna sa doudoune marron glacé, le manteau de tous les jours.

Dupuis avait décroché.

Fatou Edou racontait son enfance africaine, son arrivée en France, ses difficultés administratives en vue de l'obtention des papiers, sa rencontre inopinée avec sa patronne par le biais d'une association, son installation dans son studio et ses copines du quartier. Un méli-mélo frisant le mélodrame. Il était déjà onze heures et le récit s'engluait dans des phrases dont le sens était abscons.

Que du bla-bla-bla, pensa Dupuis. Je ne comprends rien à ce qu'elle dit. Pourquoi emploie-t-elle le terme « chaque temps » tous les dix mots ? Pourquoi évoque-t-elle « la nuit » alors que le rapt s'est produit vers seize heures et qu'elle le sait puisqu'elle y était ? Pourquoi utilise-t-elle cette expression « je ne refuse pas » ? Ces réponses absurdes sont suspectes. Elle noie le poisson avec son air innocent, mais sa bonhomie ne me dupera pas. Elle me cache quelque chose en dépit de son casier judiciaire vierge. L'irréprochabilité se démasque.

— Pourquoi avez-vous laissé l'enfant seul ?

— Il jouait avec les grands. Il a l'habitude chaque temps qu'il y est.

— Une négligence de votre part.

La jeune fille se redressa, blessée par l'accusation.

— Est-ce que je sais ça ? Il s'amusait.

— De l'irresponsabilité. Passons. Quelque chose de louche dans les parages ?

— Je n'ai pas remarqué, ah ça non, et les copines non plus.

— Parlons un peu d'elles. Vous les fréquentez depuis longtemps ?

— Ah, ça oui ! clama Fatou avec assurance. Nous nous voyons le soir, après l'école ou avant, ça dépend de ce que nous avons décidé, puis on s'attrape avant de partir. Dès fois, elles viennent chez moi. Je les accueille bien. Quand il pleut.

Rapport aux gosses. On discute, ah ça oui, et je les ai laissées parler « fatigué ».

Là, elle se fout de ma tronche, pensa Dupuis excédé. Je ne pige pas un mot à son charabia.

— Vous savez donc où elles habitent ?

— Ah ça non, je dis, je ne connais pas.

— Dictez-moi leurs noms, je note.

Fatou énuméra du mieux qu'elle pût l'orthographe des patronymes.

Énumération succincte et rapide.

Fin de l'interrogatoire.

Dupuis, insatisfait, se colla à la fenêtre et la regarda s'éloigner.

Fatou Edou quittait le commissariat d'un pas nonchalant.

Toi, ma petite, on se reverra bientôt, se promit-il.

20

Nom Colias, prénom Francis, incarcéré en détention provisoire depuis trois mois à la Maison d'Arrêt de Chaumont. Motif d'inculpation : membre d'un gang de voleurs de voitures de luxe écumant la région de Metz jusqu'au Luxembourg, et trafic de cannabis. Des véhicules haut de gamme avaient été saisis dans un garage, environ une dizaine, et huit cents grammes d'herbe dans la bagnole que conduisait Colias lors de son arrestation. Le lieutenant Sueur avait participé à la surveillance du suspect en tant que renfort des effectifs. Étant le seul policier de sexe féminin, la menace avait été pour elle quand on avait menotté le dénommé Colias.

Après avoir lu le récapitulatif craché par le fax, Dupuis avait plié la feuille en quatre avant de la ranger dans la poche de sa veste et avait téléphoné à Chaumont dans la foulée. Il avait exigé l'autorisation d'interroger le détenu en début d'après-midi, ce qui lui avait été accordé étant donné l'urgence du motif.

Sandwich avalé sur le pouce.

Autoroute A5, puis nationale 67.

A quatorze heures tapantes, Dupuis se délesta de son flingue, de ses menottes et de son mobile, en les confiant au gardien, puis suivit le maton, franchissant ensemble les grilles les unes après les autres jusqu'au parloir. Le capitaine était toujours surpris par le son métallique des pênes sortant de leurs gâches. Il assimilait ce bruit au poumon de la prison.

Clac. Inspiration. Ouverture.

Clac. Expiration. Fermeture.

Le parloir. Identique dans les prisons de France et de Navarre. La couleur terne envahit l'espace ; elle empêche de rêver à l'après à celui qui s'y trouve, un après qui semble inaccessible dans ce décor lugubre et sinistre qui refroidit l'atmosphère. L'avenir a été arrêté dans sa course, stoppé par l'inconduite de celui qu'on amène accompagné par l'homme en uniforme bleu marine. Le doigt a été pris dans l'engrenage et la main a été broyée ; bientôt, ce sera le bras qui périra si l'homme ne se méfie pas de l'après ; il sera un manchot qui retournera immanquablement à sa vie d'avant, la seule où il fraye avec ses potes, ses frères comme il clame. En attendant la sortie prochaine, il est ici, face à face avec la force publique.

— Francis Colias, capitaine Dupuis de la brigade criminelle à Troyes.

— Le poulet vole loin aujourd'hui. Que me vaut ce plaisir ? ironisa-t-il en soutenant le regard de son interlocuteur.

Le détenu s'était aspergé d'une eau de toilette au parfum tenace qui masquait l'odeur de mort rôdant autour de lui qui s'accrochait à ses frusques. Il avait dans la bouche le goût âpre de l'affrontement.

— Ne me prends pas pour un con, Colias ! Tu n'ignores pas le motif de ma visite, il est sur toutes les ondes.

Colias tendit le cou vers Dupuis, avançant son visage anguleux au menton en pointe malgré son bouc. Il étira ses bras tatoués. Il propulsa en répondant une haleine de chacal.

— Je ne vois pas de quoi vous voulez parler.

— C'est ça. Fais le malin. Lucas Bremond ne t'évoque pas des souvenirs ?

— Que dalle !

— Et Sueur ? Tu te souviens ?

— Une salope ! Et je ne vois pas le rapport entre elle et ce gosse dont on parle à la télé.

— D'accord. Voilà une interprétation. Ce gosse, c'est le sien, et tu es numéro un sur ma liste de suspect, figure-toi. Avec tes menaces proférées, tu as gagné le gros lot. Content d'être à nouveau sur le devant de la scène ?

— Eh, doucement, mec. Ne me fous pas ton histoire sur le dos. Je touche pas aux mômes. Je ne suis pas un lâche. Mes comptes, je les règle entre hommes, sans intermédiaire. Cette nana est une putain de salope, mais elle ne méritait pas qu'on lui prenne son gosse. Un conseil, poulet, tu cherches ailleurs, mac, tu fais ton boulot et tu ne viens pas m'emmerder ici.

— Dehors, tu as des relations, insinua Dupuis. Je me suis rancardé avant de me déplacer.

— Ne me fais pas chier ! hurla Colias en bondissant de la chaise qui, atterrissant sur le sol, alerta le maton.

— Ça va, rassura Dupuis en levant le bras, indiquant par son geste qu'il maîtrisait la situation.

Colias brandit l'index droit.

— Je ne touche pas aux gosses ! Tu m'as insulté, le poulet ! On a fini ! Maton ! Cellule !

Dupuis avait déjà compris, à l'ahurissement de Colias apprenant que le nom de Bremond était l'équivalent de Sueur, que le détenu était hors-jeu. L'ire avait confirmé sa non-culpabilité.

Hors de l'enceinte, Dupuis rengaina le flingue sous sa veste et alluma une clope sur le parking. Il tira deux bouffées avant de tousser à en cracher ses poumons.

Merde ! dit-il en jetant la cigarette allumée. Il faut vraiment que j'arrête cette cochonnerie. Je vais finir par en crever un de ces quatre. Il résuma intérieurement l'affaire Lucas, et décida de joindre le QG avant de mettre les gaz. Ce fut Morgane qui décrocha.

— Je rentre. Vous en êtes où ?

— Lechat et Grosjean sont sur le retour, quant à moi, j'ai terminé.

— Alors, file chez l'avocat. Je t'envoie l'adresse par SMS. C'est un copain, et après, on débriefera à la boutique. Je lui téléphone dès qu'on a raccroché.

— Il me recevra à son cabinet, un samedi, sans rendez-vous ?

— Ne te bile pas. Pour moi, il sera libre.

— OK. Je file, patron.

Dupuis détestait qu'elle le nomme patron. Patron, c'était un terme à employer vis-à-vis des vieux croulants de la PJ. Il ne se sentait pas concerné.

— Allô, Pierre, c'est Jacques, tu auras de la visite. Je t'envoie le lieutenant Duharec.

— L'affaire du petit Bremond ?

— Affirmatif. Comment l'as-tu devinée ?

— Les infos. Je vous attendais un peu plus tôt. Tu vieillis, Jacques.

Décidément, tout le monde me traite de vieux, songea Dupuis en manœuvrant. C'est ma voix de fumeur et mes dents jaunies par la nicotine. Il faut que j'achète des patchs à la pharmacie.

Sceptique quant aux résultats sur l'arrêt de son tabagisme, il enclencha la vitesse supérieure afin de rentrer au bercail avant ses coéquipiers.

21

Elle avait rêvassé toute la matinée, savourant chaque minute passée à contempler Lucas. Le bonheur qui régnait dans le chalet emplissait tellement l'atmosphère qu'il en était palpable. Il réchauffait son cœur de femme durement éprouvé autant que les bûches qui crépitaient dans le foyer.

Émilie Richier avait sorti les jouets d'un carton. Lucas les avait alignés devant lui, émerveillé par ces nouveaux objets, des présents offerts sans rien demander en échange.

Dès que la tranche de jambon et la purée en flocons furent avalées, Lucas reprit son jeu. Les petites voitures circulaient entre les pieds de la table basse et les pattes de la chienne. Parfois, il y en avait une qui s'enhardissait à gravir le dos du spitz nain. Micha ne bronchait pas à la sensation de cette drôle de caresse. Elle était docile. Confiante.

Émilie Richier ne se lassait pas du spectacle, pourtant, il lui fallait s'arracher à cette scène et commencer les préparatifs de Noël. Elle transporta en premier le sapin artificiel et en second le carton contenant les décorations.

Lucas s'arrêta de jouer. Intrigué, il rampa vers le carton. Il n'osa pas y toucher. La femme l'impressionnait. Magicienne, elle manipula un long fil qui s'alluma. Le coin sombre de la pièce s'éclaira, dévoilant la céramique grandeur nature d'un ours brun. Il hurla de frayeur.

« Qu'y a-t-il mon amour ? Il ne mord pas, tu sais. »

Lucas se réfugia sous la table basse et enfouit son visage dans le cou de Micha.

« Je l'enlève, mon bébé. De toute façon, nous avons besoin de place pour le sapin. Regarde, il a disparu. Je le range dans le bûcher. »

Le bûcher où les stères de bois avaient été entreposés après leur livraison l'été où elle avait été enceinte. Un doux souvenir. Elle toucha son ventre comme si elle avait reçu un coup de pied. Elle revoyait le ventre qui s'arrondissait mois après mois ; le nombril qui pointait vers l'avant ; les seins douloureux après la naissance, lourds de ce lait qui ne demandait qu'à alimenter Valentin, une puissance nourricière recommandée par son gynécologue. Elle toucha sa poitrine. Les seins avaient dégonflé ; la silhouette aux gros nichons avait perdu son charme auprès de la gent masculine. Elle sourit dans le froid.

Dix minutes à braver la température extérieure.

Émilie Richier inséra le tronc du faux conifère dans son support en métal d'une teinte verte imitant celle des sapins.

« Apporte-moi d'abord les boules blanches, Valentin. »

Il marcha à quatre pattes vers le canapé sur lequel était couchée la chienne.

« Mais pourquoi tu te traînes par terre, Valentin ? Mets-toi debout, s'il te plaît. »

Lucas stoppa net et s'allongea sur le parquet.

« De mieux en mieux. »

Deux poignes le redressèrent et le forcèrent à marcher.

« Tiens, prends ces deux boules et tu les suspends à la pointe des branches. Je te montre. »

Il tenait entre ses doigts ces deux énormes formes rondes aussi volumineuses que des oranges. Timidement, il en lécha une. Insipide. Il tendit l'autre à Micha. La chienne dédaigna cette stupide balle, et la maîtresse réalisa son erreur.

« Tu n'es pas assez vieux pour comprendre à quoi elles servent. »

Elle les récupéra et les reposa dans le carton qu'elle tira ensuite vers le sapin. Toute à sa création, elle en oublia l'enfant qui, d'ailleurs, avait la ferme intention de se confondre avec les meubles en devenant invisible.

Les unes après les autres, les suspensions embellirent les tiges artificielles. Des stalactites transparentes, des flocons scintillants et des boules blanches pendirent au bout de leur fil argenté.

Émilie Richier chantonnait, en œuvrant, les mélodies que chantent les enfants pendant la période des fêtes. Elle fredonnait les couplets qu'elle avait chantés avec sa mère au cours de son enfance. Une période heureuse.

« Regarde, Valentin, comme il est beau ! »

Silence.

Un ange passe.

Un enfant endormi.

Le feu n'était plus que cendres.

Elle sortit avec le panier à bûche vide. Le remplir en vue de la soirée. Elle observa le ciel avant de rentrer. Le plafond est bas, sans étoiles, constata-t-elle. La température avoisine le zéro au thermomètre extérieur. Peut-être neigera-t-il cette nuit ? Valentin serait ravi de gambader dans la poudreuse. Elle eut soudain la nostalgie des glissades en luge.

Lucas dormait, son corps lové contre le flanc de la chienne.

Un sourire transfigura les traits d'Émilie Richier heureuse de nouveau. Elle était resplendissante de joie.

22

Un samedi à seize heures en centre-ville, la difficulté à se garer dépasse l'entendement. Morgane invoqua Saint Christophe, le protecteur des automobilistes qui, hasard ou pas, libéra une place au moment où elle débouchait dans la rue proche du Palais de Justice. C'était à deux pas du cabinet de l'avocat. Elle leva les yeux en remerciement vers un ciel chargé de nuages menaçants — la météo avait prévu un orage dans la soirée. Prévoyante, elle se munit du parapluie qui était dans le coffre, une marchandise à trois francs six sous, acheté sur un marché, aux baleines en piteux états. Elle marcha d'un pas rapide sur le trottoir, doublant les piétons avides de dépenser leur argent en cadeaux à placer dans les souliers, et arriva essoufflée devant l'immeuble datant du dix-neuvième siècle.

Cossu, l'édifice reflétait la richesse de ses matériaux : de la brique rouge, des frises en céramique, de hautes cheminées, un toit en ardoises.

À peine eut-elle appuyé sur l'interphone que le déclic d'ouverture se fit entendre, preuve que Dupuis ne lui avait pas menti, elle était la bienvenue. En effet, lorsqu'elle sonna au deuxième étage, la porte s'ouvrit immédiatement sur un ameublement aux lignes épurées qui lui procura la sensation de visiter un appartement témoin de vente immobilière tant l'agencement était impeccable, ne permettant aucune modification. La griffe d'un décorateur perfectionniste. Dans le hall aux murs d'une blancheur absolue, le tapis avait pour motif des demi-cercles dans un dégradé de teintes orangées qui s'incrustaient dans des carrés gris perle ; il s'accordait avec une série de photographies évoquant les couchers de soleil idylliques de notre planète.

Pierre Mondolini, bel homme en costume marine à la coupe impeccable, le pli du pantalon tombant droit sur des mocassins noirs, une cravate bleu ciel aux rayures saumonées sur une chemise blanche, l'emmena vers son bureau, ignorant la salle d'attente où patientait une forte femme à l'âge avancée qui lisait une revue. N'osant pas se nicher dans le fauteuil sans accoudoir couleur caramel et légèrement incliné vers l'arrière, cette dame avait le postérieur sur le bord. Morgane perçut au regard implorant que la vieille femme craignait d'avoir le corps coincé dans cette assise jugée dangereuse ; un corps qui se mirait dans une vingtaine de miroirs de tailles différentes, assemblés en quinconce et formant un tableau résolument moderne accroché en face d'elle qu'elle ne pouvait ignorer.

— Rendez-vous compte… commença Mondolini en lui désignant un siège en tissu beige assorti à son fauteuil ergonomique sur roulettes.

L'avocat marqua une pause. Il avait déjà oublié son grade.

— Lieutenant Duharec, précisa Morgane, mettant fin à l'embarras du défenseur de la veuve et de l'orphelin. Elle inspecta la pièce.

Sur la gauche en entrant : une peinture évoquant un fond sous-marin dans des tons bleu turquoise et vert accroché sur un mur crème, une lampe sur un guéridon en bois de couleur carmin.

Sur la droite : un large meuble crème, comprenant quatre portes et six étagères remplies de livres aux titres évocateurs des différents droits français et internationaux, contre un mur bleu nuit et une fenêtre de taille basique.

En face d'elle : le bureau de l'avocat en bois peint d'une couleur rouge et bleu.

— Oui, je disais, lieutenant, que cette pauvre femme n'a pas une vieillesse heureuse, reprit Mondolini d'une voix posée. On rencontre des situations incongrues dans notre métier.

— À qui le dites-vous, rétorqua Morgane poliment en songeant que les tracas de la vieille étaient le cadet de ses soucis.

— Figurez-vous, pour clore le chapitre, que ses enfants réclament la tutelle afin de disposer de ses biens propres alors qu'elle n'a aucune défaillance psychique.

— Il y en a un qui a perdu la sienne, de tête, pour enlever un enfant de dix-huit mois.

— Vous avez raison. Cette affaire n'arrange pas le dossier Bremond.

— Et Sueur.

— En effet. Sueur et Bremond. Au départ, les deux amants s'aiment. Ils se jurent un amour éternel pour le meilleur et pour le pire ; et le pire se produit dans 45 % des couples frôlant la quarantaine. Eux deux n'ont pas dérogé à la statistique.

— De vous à moi, quel était leur comportement lors de vos entretiens ?

— Déplorable. Sans trahir le secret professionnel, je dirais qu'ils peinent à résoudre leur problème.

— C'est-à-dire ?

— Ils s'étripent à chaque consultation. Au départ, on commence par un consentement mutuel, question financière ; puis on règle la question des biens comme avec le prochain rendez-vous où chacun tire la couverture à soi ; et on achève par le bouquet final : la garde parentale. À ce stade, vous avez déjà usé de votre savoir et de votre expérience dans le but de rabibocher lors de la conciliation les époux séparés, et vous désespérez de la longueur que prendra la procédure, car, ensuite — le ton devint cassant —, il y en a toujours un qui rompt le pacte et engage un confrère. Alors, on repart de zéro. Adieu le consentement mutuel, le divorce à l'amiable, et bienvenue dans les joutes verbales, le lynchage et les mots orduriers. Vous seriez surprise de l'attitude de celui, ou de celle, qui consent à continuer l'aventure avec moi.

— Et pour eux ?

— Je m'y attends sachant que les grands-parents sont entrés dans la danse.

— Monsieur et Madame Sueur ? questionna Morgane, étonnée.

— Eux, je ne sais pas, mais pour les Bremond, j'en suis sûr. Ils sont venus ici, il y a une quinzaine de jours, arguant qu'ils soulageraient leur fils pendant qu'il travaillerait au collège. Ils désiraient que je sois leur avocat et, de ce fait, que j'appuie la demande de leur fils auprès du juge des affaires familiales avec une enquête sociale à charge envers la mère. Les parents sont persuadés que l'assistante sociale notifiera son papier en leur faveur à eux trois, et cet enlèvement leur donne raison malheureusement. Madame Caroline Sueur est dans de sales draps ; elle qui souhaitait une garde exclusive.

— Sauriez-vous pourquoi ?

— Elle est comme toutes les mères en ce bas monde, elle ne souhaite pas que la belle-mère élève sa progéniture. On préfère confier à un tiers son enfant plutôt qu'à un membre de la famille. C'est la société actuelle qui est ainsi. Et puis, les gens travaillent, les soixante-cinq ans continuent. Le siècle, lieutenant…

Mondolini leva les bras au ciel après avoir proféré la triste constatation.

Morgane espéra une suite qui ne vint pas. Le flot de paroles avait tari. L'avocat avait jugé qu'il en avait suffisamment dit sans risquer de rompre l'éthique professionnelle : le sacré saint secret de Polichinelle. Il lui montra la porte sans bouger d'un pouce, indiquant par son geste qu'il était temps de prendre congé.

Compris cinq sur cinq.

Morgane se dirigea vers la sortie. Devant la salle d'attente, elle s'arrêta.

— Maître Mondolini peut vous recevoir.

— Oh ! Merci jeune fille. C'est bien aimable à vous de m'en informer.

Morgane se demanda si elle avait besoin d'aide pour extirper sa vieille carcasse du siège piégeur. Mais non. Elle y arriva avec facilité, une facilité physique, contrairement au lieutenant qui envisageait moult difficultés à vaincre les réticences de son amie Caroline à parler de la discorde, une difficulté morale. Des questions réclamaient des réponses.

Dehors, l'orage prévu avait fini par éclater. Des trombes d'eau nécessitèrent le parapluie. Morgane visa le store d'une vitrine. Elle actionna le pébroc, s'efforça d'arranger les baleines récalcitrantes et, en trois minutes, tordit les morceaux de métal en inox, renonça à l'utiliser et courut. Elle pesta contre la douche forcée. Elle s'engouffra dans la voiture trempée jusqu'aux os, et jeta sur le plancher l'objet qui s'était avéré inutile.

Conduite désagréable dans des vêtements humides.

Elle franchit le seuil du commissariat de mauvaise humeur.

23

Tous les membres dévoués à l'enquête avaient regagné le QG après une interminable journée peu lucrative, voire infructueuse. Il faut dire qu'avec un crime, l'équipe scientifique avait souvent quelque chose à se mettre sous la dent : empreintes digitales, traces, fibres, ADN, balistique, douille, et cetera, mais avec un enlèvement d'enfant dans un lieu public avec aucun moyen de repérage où les personnes interrogées avaient été de piètres témoins puisqu'ils n'avaient rien vu ni entendu, on ramait grave. Un môme n'est pas un chien à qui on a implanté une puce sous la peau afin de le localiser en cas de fugue — le ministère de la Santé l'avait suggéré à des fins thérapeutiques et le tollé sur le Web avait enterré définitivement l'idée. Il était dix-sept heures. Bientôt, les grands-parents maternels débarqueraient avec leur fille, c'est pourquoi les minutes étaient précieuses.

Les cinq réunis dans le bureau de Dupuis face à une grande feuille blanche munie d'un stylo-bille qu'ils rempliraient à tour de rôle s'interrogeaient en roulant des yeux et en fronçant les sourcils. Personne n'osait se lancer dans la bataille des indices collectés ; chacun estimant les siens insignifiants.

Morgane sollicita son mari d'un geste de la main dans le style « à toi l'honneur ».

Conviés au débriefing, Gillet, Lechat et Grosjean se tenaient, proches de la sortie, prêts à se carapater.

L'atmosphère était pesante. À continuer ainsi, l'air deviendrait irrespirable.

— L'heure tourne les gars ! clama Dupuis, intégrant par ce mot « gars » le lieutenant Duharec dans le corps policier masculin.

Gillet répondit plus à l'invitation de sa chère et tendre épouse qu'à l'ordre de Dupuis.

— En ce qui concerne notre brigade, rien de valable. J'affirmerais que nous — je parle au nom de tous —, avons emmerdé nos vendeurs avec notre histoire de gamin disparu et nous nous attendons à un retour de boomerang en pleine poire. Nous les avons dérangés pendant leur business et nous les avons passablement énervés. Le gosse, ce n'est pas leurs oignons. Ils frayent dans des eaux « moins porteuses d'emmerdes » comme ils disent.

— Euh, à ce propos chef, entama Lechat, il se pourrait que le Serbe Djordjeric ait pris ses jambes à son cou après notre passage.

— Quoi !

Grosjean, volubile à vous saouler pire qu'une pinte d'un litre, n'en menait pas large. Il laissa s'enfoncer son collègue dans des justifications peu crédibles.

— Du bouge qui lui tenait lieu de quartier général, il a dû plier bagage vu qu'il n'y avait pas grand-chose à déménager. La marchandise doit être réceptionnée ailleurs à l'heure actuelle. Ce ne sera pas difficile de…

— De quoi ? De trouver sa planque ! On réglera ça chez nous. Nous ne sommes pas ici pour étaler vos conneries.

— En conclusion ? demanda Dupuis.

— C'est négatif chez les dealers.

Morgane, collée au radiateur afin de sécher ses fringues, enclencha avec ses annonces afin de calmer le jeu qui s'était instauré dans l'équipe de son mari. Elle n'avait pas envie d'en pâtir ce soir. La soupe à la grimace, elle avait déjà donné, c'était du réchauffé. Son cerveau avait refusé d'emblée la discussion qui risquerait de s'instaurer au cours du dîner si elle n'intervenait maintenant ; le couple échangeait suffisamment leurs impressions sur leurs enquêtes à longueur d'année — avoir un œil neuf affirmait Marc —, alors, pour celle-ci, elle disait non et re-non à l'usage coutumier. Transgression.

— Pas mieux chez les pédophiles. Ils affectionnent le côté juvénile à partir de cinq ans ; c'est une moyenne. Rares sont ceux qui assouvissent leurs pulsions sur un gosse de dix-huit mois, et je vous affirme que celui que j'ai interrogé était écœuré par ce que j'insinuais. C'est vrai qu'il fréquente le centre commercial en face du parc au lieu de celui proche de son domicile, mais il est bourré de médocs du matin au soir. Le psy m'a faxé un duplicata de l'ordonnance. Je l'ai signalé aux municipaux, et j'en ai profité pour leur refiler l'adresse de six individus susceptibles de nous intéresser un jour. Je ratisse large.

— Quant à moi, la « zonzon » n'a rien fourni. Le Colias du lieutenant en est resté sur le cul quand il a appris que le Bremond de la télé et le nom Sueur, c'était du pareil au même.

— Les mecs en taule envoient leur larbin faire le sale boulot, et ceux qui sont à l'extérieur sont occupés à récolter la thune, ajouta Grosjean.

— Affirmatif. Je ne le range pas dans mes favoris, ni ne le raye de la liste des suspects après les menaces proclamées. Et je l'inscris donc sur la feuille.

— Si on va sur le terrain des menaces, ce n'était pas génial chez l'avocat, enclencha Morgane. Les deux familles se disputent la garde de Lucas. D'après ce que m'a confié maître Mondolini, la procédure entamée se déroulait à peu près correctement jusqu'à ce que les grands-parents Bremond y mettent leur grain de sel. Depuis, c'est le bordel, excusé l'expression. Lucas est l'unique héritier d'un fils unique, voyez le tableau ; conséquence du duel, ils ne lâcheront pas le morceau facilement. D'où les tensions entre Caroline et son mari depuis. L'avocat appréhende une très, très longue procédure. Il devra certainement, sous peu, choisir de représenter le père ou la mère.

— Je ne suis guère étonné, ajouta Dupuis. Nous avons vu le couple à l'œuvre hier soir. Sans vous offenser, Morgane, votre amie vaut son ex. À voir tout à l'heure quand je les interrogerai.

— Ça promet du sport, rétorqua Grosjean qui sortait enfin de son mutisme.

— Quant à la nounou que j'ai interrogée ce matin, elle, je ne la sens pas du tout. Je l'inscris aussi. Il faudrait questionner les copines rapidement. Les témoignages sont influencés par les discussions et les souvenirs deviennent confus, ce qui complique sérieusement notre tâche ensuite. Je n'ai que leurs noms. Morgane ? Tu les as vues hier soir ?

— Non. Je te l'aurais dit, Jacques.

— Tu as raison. Où ai-je la tête ? Et ton amie, elle les connaît ?

— Je ne pense pas, mais je me renseignerai auprès d'elle dès qu'elle sera dans nos murs puisque c'est elle qui sert de chauffeur à ses parents.

— Il reste le porte à porte à effectuer. Qui s'y colle ?

— Je détache le brigadier Lechat s'il est d'accord. Je continuerai avec Grosjean. Lechat ? La réponse ?

— C'est OK pour moi, Marc.

— Je l'accompagnerai, ajouta Morgane. Demain matin, cela vous convient-il ? Un dimanche aux aurores, nous sommes quasiment sûrs d'avoir du monde dans les chaumières avoisinantes.

— Sans oublier l'immeuble de la nounou.

— En effet. Un point pour vous, brigadier. Alors, nous disons huit heures ici ?

— OK. Ça marche. Huit heures à votre commissariat.

— Parfait. J'écris aussi les grands-parents paternels sur la feuille, il n'y a pas de raison qu'on les oublie ceux-là, annonça Morgane d'une voix sarcastique en s'emparant du stylo.

— À ce stade de l'enquête, on se recentre sur les proches. Un classique. Les éternelles conjectures. Les certitudes sont acquises lorsqu'on est certaines de leurs exactitudes, et nous en sommes loin, soupira Dupuis en récupérant le stylo.

— Nous avançons par élimination, patron, ajouta Morgane qui considérait toujours le verre à moitié plein plutôt qu'à moitié vide avec son éternel optimisme ; et, dans cet enlèvement, de l'optimisme, il en faut une forte dose. L'alerte enlèvement, on a des retours, Jacques ?

— Beaucoup trop. Le central est submergé d'appels. Les gens envoient des photos et des vidéos depuis leur smartphone, et demandent ensuite si la réception est correcte. Ils se considèrent comme étant des enquêteurs ou des journalistes avertis et polluent le réseau téléphonique. Jusqu'à présent, aucun portait n'est ressemblant. À croire qu'ils ont de la boue devant les yeux.

— Ils pensent être utiles.

— C'est bien là le problème, Morgane. Ils jouent au Cluedo dans une pseudo-réalité qui ne s'apparente pas à la véracité des actes et, moi, j'ai passé l'âge de ces conneries. Bon, quelle heure est-il ? demanda Dupuis en cachant les inscriptions.

— Dix-sept heures quarante-cinq et des poussières, patron.

— Je vous libère, conclut Dupuis en s'adressant aux trois collègues des stups.

— Je vais continuer à écouter ce qui ait dit dans la rue, affirma Gillet en serrant la main du capitaine. On reste en contact.

— Cela va de soi, rétorqua Dupuis en raccompagnant le groupe jusqu'à l'entrée du commissariat.

— Morgane ?

— Oui.

— Tu converseras avec ton amie dans la cuisine et j'occuperai ton bureau. Inutile que le lieutenant sache ce que nous avons écrit sur la feuille. Par curiosité, elle pourrait soulever la page de garde, et lire.

— C'est noté. Je stationne dans le hall et je t'envoie les parents.

— Ça va aller, Morgane ?

— Bien sûr. Tout baigne.

Je n'en suis pas si sûr, songea Dupuis en l'abandonnant. Si elle s'implique davantage, elle coulera à pic et adieu la partialité. Je n'hésiterai pas à la mettre hors jeu et à continuer avec son mari. Je me demande si je ne devrais pas envisager cette solution de suite. Il existe des conflits d'intérêts dans cette affaire. Collègue, amie, flic, comment ne pas embrouiller le cerveau avec tous ces sentiments contradictoires ? Comment garder la tête froide lorsque votre cerveau est en ébullition ? J'en discuterai demain avec Gillet au téléphone.

Dupuis s'enferma dans le bureau aux mille couleurs du lieutenant Duharec. Deux minutes d'une intense réflexion, et il décrocha le combiné.

— Capitaine Gillet ?

— Lui-même.

— Ah, c'est vous. Je n'avais pas reconnu votre voix dans ce foutu téléphone qui date de Mathusalem. J'aimerais que vous sondiez votre femme ce soir au sujet de cette enquête et je vous rappelle demain sans faute.

La réponse fut celle qu'il espérait. Un appel, aux aurores, par la brigade des stups.

Satisfait de son initiative, Dupuis raccrocha.

24

Avant qu'elle ne la vît, Morgane sut que Caroline était là. Elle aurait reconnu la voix de son amie au milieu d'une foule ; une voix survoltée la veille à peine audible aujourd'hui, la colère, vaincue, s'était évanouie durant la nuit.

Le lieutenant Sueur avait un teint blême qui s'accordait à la perfection avec la lumière blafarde que diffusaient les néons du couloir du commissariat. Et les vêtements de couleur noire qui ne choquaient personne d'ordinaire mirent mal à l'aise Morgane, qui, elle, faisait tache avec son pantalon à carreaux rouge et or, son gilet jacquard dans les mêmes tons et ses fidèles tennis rouges. À la regarder avancer d'un pas traînant, c'était comme si la mère portait le deuil en avance ; et si on ajoutait les cernes trahissant l'insomnie, on obtenait le portrait d'une femme recevant des condoléances. À ses côtés, ses parents, livides, vêtus en bleu marine et gris anthracite ne remontaient pas le moral des troupes.

Dupuis opina du chef lorsque Morgane largua la famille Sueur dans son bureau.

— Capitaine Dupuis, prenez place, je vous prie. J'avais besoin de vous entretenir au sujet de ce que vous avez appris par votre fille. Nous cernerons ensemble la situation. Affable, il les incluait momentanément dans cette triste affaire.

Pendant qu'il leur exposait les faits, il détailla le couple.

Elle, Micheline Sueur, la cinquantaine, d'une petite taille, des cheveux courts colorés en blond vénitien afin de cacher les racines grises, des lunettes à monture d'écaille, le contour de la bouche affaissé. Le visage aux rides d'expression prononcées exprimait un caractère autoritaire. Elle se tenait le dos droit sur la chaise révélant un maintien lié à sa fonction de directrice d'école primaire habituée à ce que les enfants lui obéissent. Le tailleur strict et les jambes croisées accentuaient cette raideur.

Lui, Jean Sueur, dans une tranche d'âge similaire à son épouse, affichait un visage tout en rondeur avec un crâne dégarni qui allait de pair avec une brioche à peine dissimulée sous un gros pull en laine — sa parka était déboutonnée. Il portait un jean et des chaussures de chantier comme s'il venait de quitter un client avant de venir — il était plombier. Décontracte, les jambes allongées, les bras sur la bedaine, il était en attente de ce qui suivrait après le monologue du policier.

— Cela ne m'étonne guère, exprima Micheline Sueur. Quelle idée de confier son enfant à une parfaite inconnue. J'avais prévenu ma fille.

Dupuis perçut les griefs de la grand-mère dès les premières paroles.

— Je les vois à la sortie des classes, ces mères de substitution, qui papotent entre elles et les gosses qui patientent en se poussant les uns les autres. Les parents d'aujourd'hui n'assument plus leur rôle. L'éducation de leur progéniture nous incombe, et ma fille suit le mouvement.

— Te rends-tu compte de ce que tu dis, protesta Jean Sueur.

— Oh ! Toi ! Tu as toujours été d'accord avec ce que notre fille a entrepris, et voilà le résultat ! Notre petit-fils enlevé qui fait la une du journal de 20 heures.

— Il faut l'excuser, capitaine, elle est sous le choc.

— Je lui ai dit cent fois de déménager et d'inscrire Lucas dans mon établissement. Tu étais contre. Tu as encouragé notre fille à rester ici, à quatre-vingt-dix minutes de la maison.

— Ici, comme tu le prétends, c'est sa vie, son job.

— Elle aurait pu demander une mutation.

— Et son mari ?

— Lui aussi aurait pu. Ils seraient toujours ensemble. Sa vie, comme tu dis, en aurait été facilitée. Moins de querelles. Un poste de professeur de musique, ce n'est pas ce qui manque dans l'académie. N'ai-je pas raison, capitaine ?

— Vous savez, moi, ce qui m'importe, c'est de ramener votre petit-fils chez lui et de coffrer son ravisseur.

— Ou sa ravisseuse, rectifia Micheline Sueur.

— Affirmatif. Dites-moi, quelle est la dernière fois que vous avez vu Lucas ?

— Il y a environ trois semaines.

— Un mois, affirma Jean Sueur.

— Non. Je suis sûre de ce que j'avance.

Micheline Sueur ouvrit son sac à main et consulta son agenda.

— J'ai raison, Jean. C'était un dimanche. Il y a dix-neuf jours exactement. Caroline était ennuyée, car la nounou n'était pas disponible ce jour-là. Alors, nous sommes venus le garder, chez elle, à Rosières.

— Avez-vous remarqué quelque chose de spécial lors de votre venue ?

— C'est-à-dire ?

— Un rôdeur. Une voiture suspecte. Quelqu'un qui aurait pu vous suivre lors d'une promenade.

— Comment pouvez-vous imaginer un seul instant que nous puissions penser que le domicile de ma fille était surveillé par une personne mal intentionnée ? C'est une maison dans un lotissement avec de proches voisins que nous ne connaissons pas, alors, comment les différencier d'un prédateur ?

Cette femme a une réponse pertinente à chaque fois, pensa Dupuis, et le mari se tait. Il préfère la mettre en sourdine. À la baraque, c'est l'épouse qui porte la culotte. Je souligne que les dossiers colorés de Morgane n'ont pas l'effet relaxant escompté. Et en prime, cette femme affiche sa morgue. À qui le tour maintenant d'être dénigré ?

— Et Madame Edou, que diriez-vous d'elle ?

— Qui est-ce ?

— La nounou. Fatou Edou.

— Ah, Fatou. Nous l'avons croisée chez ma fille, une fois, mais on les connaît ces Africaines…

— Que sous-entendez-vous, Madame Sueur ?

— Je me comprends.

— Mais encore ?

— Oui, tiens, mais encore, ironisa Jean Sueur, voyant dans la formulation du capitaine un allié de poids.

— J'entends par là qu'elles sont négligentes. La preuve !

Dupuis avait du mal à cerner la grand-mère. Elle ne semblait pas tant affectée que ça par la disparition de son petit-fils. À sa décharge, il n'y avait pas de cadavre, donc Lucas était vivant.

— Où étiez-vous hier ?

— À l'école ! Quelle question saugrenue !

— Et vous, Monsieur Sueur ?

— Sur un chantier.

— Une personne peut le confirmer ?

— Pourquoi est-ce que vous nous demandez notre emploi du temps ? Vous nous suspectez ? C'est un comble d'entendre de pareils propos !

— La procédure, Madame Sueur, la procédure. Et donc, votre réponse ?

Jean Sueur se tourna vers sa femme, cherchant dans son regard une aide qui ne vint pas.

— J'étais seul hier après-midi. Les propriétaires sont partis pour le week-end afin que je termine les travaux en leur absence. Ils m'avaient confié leur trousseau de clés.

— Du voisinage ?

— Non plus. Une piaule au milieu des vignes dans laquelle j'aménage les salles de bains des futures chambres d'hôtes.

— C'est fréquent, vous savez, capitaine, de procéder de cette manière et mon mari préfère, de loin, travailler seul plutôt que d'avoir des gens qui vous tournent autour, qui vous posent moult questions quand ils ne vous racontent pas comment faire parce qu'ils ont vu des vidéos sur le Web, et à l'arrivée, vous avez perdu un précieux temps qu'il vous faudra rattraper si vous voulez terminer dans les délais. Parce qu'après, si les délais ne sont pas tenus, c'est lui qui a tort.

— Je vois. Notez-moi l'adresse sur ce bloc, Monsieur Sueur, et la marque de votre véhicule. Notez aussi celle de votre épouse tant que vous écrivez.

Les mots s'inscrivirent d'une main tremblante.

Dupuis ne sourcilla pas. Il enregistra. Se pourrait-il... L'idée qui venait de le transpercer était en train de progresser dans son raisonnement de flic. Et pourquoi pas ? Que ne ferait-on pas par amour, ou simplement, pour avoir la paix dans son foyer et couler des jours heureux. Deux heures écoulées et une avancée à pas-de-géant, se dit-il. Il remercia le couple et signala que leur fille était en compagnie de Morgane dans la cuisine.

« Au fond du couloir sur votre droite ! » cria Dupuis à leur intention. Il s'était trompé de direction. Il avait oublié qu'il n'était pas dans son bureau.

25

Cette après-midi a été fantastique, songea Émilie Richier en agitant l'eau du bain avec la girafe en caoutchouc. J'ai adoré ce que nous avons fait ensemble. Elle avait oublié la non-participation de Lucas aux activités de décoration.

« Nous ne sommes pas allés couper les branches d'épicéas. Nous y remédierons demain matin. Appuie dessus, Valentin. Fais comme moi. »

Lucas mordillait le jouet qui émettait un faible « pouët – pouët » en brassant l'eau.

« Avant, tu jouais frénétiquement avec elle, au point qu'un jour, je me souviens, tu avais épuisé ma patience à force de l'entendre. Je te l'avais confisqué. Elle m'avait agacée, seulement, tu avais tellement pleuré que j'avais fini par te la rendre et j'avais mis des écouteurs afin que la musique du Walkman couvre tes pleurs. Et voilà que ce soir, tu la dénigrerais presque. Aurais-tu déjà passé l'âge de cette sorte de jouet ? Flûte ! Qu'est-ce que je vais pouvoir te donner ? As-tu une idée mon amour ? Qu'aimerais-tu avoir dans ton bain ? Je ne peux pas balancer les cubes en plastique dans l'eau ; avec quoi joueras-tu dans le salon ? Remarque, si cela t'occupe, pourquoi pas ? Attends, je vais les chercher. Ne fais pas de bêtise pendant que je m'éloigne. »

Lucas fit tomber le gant de toilette qui séchait sur le robinet.

« Eh ! Je vois que tu n'as pas perdu cette manie depuis. Tu suces le gant qui sert à te laver. »

Plouf ! Cinq cubes flottèrent.

« Tiens. Tu prends ce joli cube rose et tu me donnes le gant que je te frotte le dos. Et les jambes, et les petons, et les bras, et les menottes, et la frimousse », chanta Émilie. « Ne secoue pas la tête, Valentin, sinon je ne vais pas y arriver. »

Elle s'adressait à Lucas avec cette fièvre que les personnes ont quand elles se taisent trop longtemps faute de ne pas avoir quelqu'un ou quelqu'une à qui parler. La volubilité enflammait le visage penché au-dessus de celui qu'il n'espérait plus revoir un jour.

Lucas coulait les cubes les uns après les autres, puis il les regardait voguer, et il recommençait sans jamais se lasser. Il n'écoutait pas la voix qui sortait par la bouche de l'étrangère, et cette dernière n'en avait cure. Tout à son jeu, il tapa la surface de l'eau avec le plat de la main. Des gouttes éclaboussèrent ses joues, son nez, ses yeux qu'il ferma aussitôt. Aucune réaction de la dame. Fatou, elle, elle le grondait. Ici, c'était donc permis. Il recommença avec plus d'énergie et des gerbes d'eau s'élancèrent vers le pare-douche, vers le tapis de bain et vers Émilie Richier qui sursauta.

« Valentin ! Tu as trempé le linoléum ! Tant pis pour toi, je te sors du bain ! Ne nous gâche pas cette merveilleuse journée par une attitude déplaisante ! »

Elle tira sur la chaînette et l'eau s'évacua par la bonde.

Enveloppé dans la serviette-éponge, Lucas ne broncha pas. Le regard qu'avait cette dame lorsqu'elle criait l'épouvantait. Il se mordit la lèvre, puis une moue boudeuse apparut.

« Oh, non, mon amour, ne pleure pas. Ce n'est rien. Je n'élèverai plus la voix, je te le promets. Personne n'a jamais dit un mot plus haut que l'autre dans ce chalet lorsque j'étais enfant, alors, cela ne va pas commencer avec nous deux. Allez, mon bonhomme, je vais t'habiller dans le salon. Micha dort devant le feu et ta grenouillère doit être sèche. Je l'avais nettoyée après avoir fini de décorer le sapin. »

Lucas réveilla la chienne en la caressant. Celle-ci lui lécha la figure.

« Maintenant, c'est sûr, tu es propre ! » s'exclama en riant Émilie Richier. Elle tâta la grenouillère. « Elle est sèche et chaude. Zut ! J'ai oublié la couche ! Je repars dans la salle de bains. »

« Et voilà ! Je suis de retour ! Micha arrête de l'embêter sinon je vais galérer avec cette couche. Tu as grossi, Valentin ! Je dois tirer sur les attaches pour qu'elles collent. Il faudra que j'achète la taille supérieure quand le paquet sera terminé. Arrête de bouger, Valentin. Je sais qu'elle te serre au ventre et que ce ne doit pas être agréable, mais si le bout collant est sur ta peau, ce sera pire. Au pyjama maintenant ! J'ai l'impression qu'il est lui aussi petit. C'est vrai que cette grenouillère est étroite aux poignets et les manches sont courtes. Le tissu tire de partout. Il n'est pas assez large à l'entrejambe ; aux genoux, ce n'est pas mieux. Je n'avais pas réalisé que tu étais si grand. Tu as forci et grandi. Quelle hauteur as-tu ? Je te mesurerai après le dîner. Enfin, ton dîner consistera en un autre biberon de lait avec des flocons d'avoine qui l'épaissiront, et un pot de compote. Hier soir, tu as apprécié ce genre de repas. Je n'ai pas envie de me disputer avec toi pour une question culinaire. Comme tu as mangé ta viande et tes légumes à midi, le soir, tu mangeras léger dorénavant ; et je t'imiterai. Une soupe et une compote me suffiront. Micha aura de façon invariable des croquettes à chaque repas. Amusez-vous tous les deux sur le canapé pendant que je vaque à la cuisine, et, ensuite, nous lirons les histoires de Jojo le lapin. Ce soir, je suis moins fatiguée qu'hier. Nous veillerons tous les trois devant ces bûches qui nous chauffent si agréablement. Cela me rappellera les veillées de jadis. Qu'il est doux d'être réuni. »

Que disait le psy à ce sujet, pensa-t-elle. « Derrière le noir nuage, il y a un ciel bleu. »

« Tu sais, Valentin, le psy avait raison. J'ai passé six mois soufflant sur les gros nuages noirs afin qu'ils se déplacent et dévoilent un coin de ciel bleu et, aujourd'hui, tu es ici, mon rayon de soleil. Tu es ma seule et unique raison de vivre. Dans cet endroit, aucun méchant ne t'atteindra. J'y veillerai. »

Émilie Richier souriait à la vie. Les murs en lambris paraissaient moins sombres, le mobilier moins vétuste, la chaleur plus douce grâce au feu de bois dans l'âtre, la lumière des lampes moins agressives, et le sapin plus rayonnant. La nuit sans lune était moins angoissante. Les ténèbres s'étaient évaporées sous la flamme de l'amour.

26

Morgane entra sans frapper dans le bureau numéro deux qui était le sien. Personne.

Où peut-il être ? se demanda-t-elle. Une idée fulgurante la traversa. Chez lui ! Elle fonça chez Dupuis.

— Tu es là, patron.

— Et où veux-tu que je sois ? Et arrête de m'appeler patron, c'est protocolaire et pénible.

— C'est à cause des stups. Bon, j'y renonce.

— Et ?

— Les parents de Caroline refusent de quitter le commissariat.

— Quelle mouche les a piqués ?

— Ils ont aperçu les beaux-parents.

— Je vois.

— Je ne crois pas. Ils sont furax à l'idée de les croiser.

— Et pourquoi pas ?

— Nous allons assister à un pugilat.

— Une piste naîtrait de l'affrontement. Une parole en amène une autre ; on arrive plus à se contenir ; et, paf, la vérité explose lors de la confrontation involontaire. Je suis tenté par l'expérience. D'abord, tu les isoles discrètement, et en un deuxième temps, par un pur et heureux hasard, ils se croisent dans le couloir qui mène vers la sortie.

— C'est machiavélique ! Mais ça me plaît ! Je les emmène où ?

— Devine ?

— Encore la cuisine !

— Et où veux-tu qu'on les planque ? Pas dans une cellule, c'est trop tôt.

— Très drôle !

— Humour de flic. Je décompresse. Cette histoire me rend malade. Vas-y, je repars chez toi avec eux.

Dupuis cueillit la famille Bremond au complet dans le hall : un Guillaume sur les nerfs, des parents dans un état qui n'avait rien à lui envier.

Il n'y avait que deux chaises dans le bureau du lieutenant. Qu'importe, Guillaume Bremond ne céda point à la sollicitation du capitaine d'aller en quérir une autre et s'adossa au chambranle de la porte qui, de ce fait, demeura ouverte. Dupuis le soupçonna de vouloir surveiller les visiteurs du commissariat. Le père de Lucas et le policier se toisèrent un instant. Bremond fils abdiqua et se décala sur la gauche ce qui permît la fermeture de ladite porte.

La grand-mère paternelle de Lucas, Madame Louise Bremond, était une femme aux formes rondes et à la chevelure grise affleurant les épaules. Elle portait des lunettes de myope à monture blanche ce qui rendait ses yeux marron globuleux derrière cette épaisseur de verre. Son teint était hâlé. « Je suis professeur de piano et j'exerce à domicile » dit-elle d'une voix chaleureuse et non angoissée par la tragédie familiale. Elle ne semblait pas ébranler et continua. « Je souhaitais être concertiste après le conservatoire, ou pianiste de jazz. Il en a été autrement avec le mariage et le métier de mon mari qui est incompatible avec des déplacements dans le monde entier. En revanche, je suis fière de mon fils. Il a choisi la filière musicale comme sa mère, à un détail près, il est fonctionnaire. Guillaume a la sécurité de l'emploi et des horaires adaptés. Vous me comprenez, n'est-ce pas ? » dit-elle en lissant les plis de sa jupe orange — son pull était orange dans une tonalité plus claire et son manteau était rouge.

Dupuis comprenait parfaitement l'allusion au divorce. Cette femme était une personne docile, aimant son foyer.

Ce fut au tour du grand-père paternel de s'exprimer.

Monsieur Pascal Bremond avait dépassé l'âge légal de la retraite. Le rond de moine qu'avait formé l'absence de cheveux sur le haut de son crâne ne vieillissait pas l'homme. Ses vêtements de coupe classique confirmaient son allure dynamique : pantalon noir raide comme s'il avait été amidonné, pull-over beige en V, chemise blanche qui mettait en valeur sa peau mate, manteau noir à gros boutons.

— Mes aïeux sont d'origine marocaine, dit-il avec l'accent maghrébin. Lorsque j'arrêterai de travailler, nous vivrons au bled.

— Pas de suite, Papa.

— C'est vrai. Tu as raison, mon fils, il faut d'abord vendre la librairie. Signer avec un repreneur n'est pas une chose facile en ce moment. Internet tue le libraire. Il y a peu de candidats dans cette branche, et ta mère n'a pas l'âge de s'arrêter. Dans quatre ou cinq ans, cette décision mûrement réfléchie sera envisageable, n'est-ce pas ma Louise ?

— Oui, oui.

— Nous avons déjà acheté une médina dans un charmant village que nous retapons pendant nos congés, confia-t-il avec enthousiasme. Là-bas, le petit Lucas sera très bien.

Le faciès de Louise Bremond se décomposa.

— Vous comptiez emmener votre petit-fils avec vous ? questionna Dupuis, attentif à l'éventualité prononcée.

— Son père et lui seraient venus lors des vacances scolaires. Le soleil, la campagne, l'air pur, c'est mieux que la ville, non ?

— Ici, ce n'est pas très urbanisé, papa.

— Malheureusement, c'est compromis avec la disparition du petit, ajouta Pascal Bremond en baissant la tête.

— Affirmatif. Où étiez-vous hier soir ?

— À la librairie en train de préparer la prochaine dédicace. Avant Noël, les gens sont friands de ce genre de cadeaux, vous savez. Un mot écrit par l'écrivain sur la deuxième feuille d'un livre valorise le récit et celui qui l'offre. C'est tendance.

— Quelqu'un peut en témoigner ?

— Assurément l'auteur. Tenez, voyez par vous-même, dit-il en tendant un flyer qu'il sortit de sa poche intérieure.

Dupuis rangea avec précaution la feuille de papier glacé dans la chemise rose fuchsia, laquelle feuille servirait provisoirement d'alibi.

— Et vous, Madame Bremond ?

— Qui ? Moi ?

— Vendredi soir ?

— Vendredi soir ? répéta-t-elle avec une pointe d'appréhension.

Curieux, pensa Dupuis. Elle hésite à répondre.

— Oui maman ! Vendredi soir ! s'énerva Guillaume Bremond. Le jour de la disparition de Lucas, c'est-à-dire hier.

Réponds au capitaine. Plus vite, on aura fini, plus vite, les recherches s'orienteront vers l'extérieur.

— L'extérieur ?

— Une personne. Quelqu'un autre que la famille, maman.

— Ah. Hier, j'étais à la maison.

— Avec un élève, maman ?

Tension du corps de la grand-mère Bremond.

— Non.

— Vous étiez donc seule, reprit Dupuis qui ne tolérait pas que son interrogatoire lui échappe.

— Oui.

— La journée entière ?

— Mais oui... J'ai des cours le mercredi avec les enfants et le samedi avec les adultes. Les autres jours de la semaine, ça va, ça vient, et en ce moment, c'est calme. Les fêtes... soupira-t-elle. J'ai une liberté d'horaire qui aurait pu être consacrée à la garde de Lucas.

— Nous le savons, maman.

— C'est vrai quoi ! clama-t-elle en se tournant vers son fils. On ne m'écoute jamais. Je suis mon employeur. Je m'organise selon mes envies. Je dispense les cours quand je le souhaite en tenant compte des réticences des clients. Tu crois que je ne peux pas concilier les deux ? Quant à toi, tu devais demander ta mutation, Guillaume.

— C'est en cours, maman.

— Nous te l'avons déjà dit, Louise. Dès qu'il est muté, il quittera l'appartement et dormira à la maison environ un trimestre, peut-être moins.

— Et Lucas ?

— Il sera avec moi. La requête formulée par l'avocat va dans ce sens.

— S'il y a une chose avec laquelle je suis d'accord avec les Sueur c'est quand ta belle-mère affirme qu'un enfant ne doit pas être élevé par une étrangère. Quelle idée vous avez eu ! Si au moins il avait été en crèche, nous n'en serions pas là.

La diatribe fusa comme le tranchant d'un rasoir sur le cou du condamné.

— Il n'y avait pas de place.

— Il y avait les grands-parents.

— Vous conduisez ? demanda Dupuis afin de rompre le dialogue mère – fils.

— Évidemment, répondit Pascal Bremond. Nous avons chacun notre voiture. Ma femme a une Twingo blanche achetée l'an passé et moi une Wolswagen polo grise ancien modèle. La mienne est loin d'être neuve, elle affiche les 200 000 kilomètres au compteur, mais pour conduire les vingt bornes qui séparent la librairie de la maison, elle suffit amplement.

— Et la nounou, Fatou Edou, vous la connaissez ?

— Nous l'avons croisée une fois, affirma Pascal Bremond. À l'anniversaire de Lucas.

— Elle s'appropriait mon petit-fils, ajouta Louise Bremond. Une sangsue qui hésitait à nous le confier, à nous, ses grands-mères.

— Ce qui signifie que Caroline, au départ, l'avait jugée compétente.

— Pfft ! Tu lui donnes raison, mon fils !

— Maman ! Papa, exprime-toi. Que va penser le capitaine de son attitude ?

— Oh, vous savez, moi, je ne suppute pas. Je suis à l'image de Saint Thomas, je crois les faits et ce que je vois. Si vous vous souvenez de quoi que ce soit, n'hésitez pas à téléphoner.

— Entendu, répondit en chœur le couple.

— Sachez, avant que vous nous quittiez, que votre belle-fille est dans nos murs avec ses parents.

— Les Sueur sont ici !

— Affirmatif. Tenez, j'appelle ma collègue, annonça Dupuis en décrochant le combiné. Ils arrivent. Elle apporte aussi des chaises. Il va falloir vous serrer un peu.

Le devoir du policier est le doute, pensa Dupuis. Joutes verbales et tension au menu du soir.

Le capitaine étudiait de très, très près les cinq personnes en face de lui avec la ferme intention de ne pas se laisser manipuler par les protagonistes. Les grands-parents étaient sur les starting-blocks, prêts à se sauter à la gorge, ignorant les parents dont un seul était présent : le père. Morgane avait informé Dupuis que son amie ne subirait pas les sarcasmes des Bremond. Elle ne pourrait l'endurer. Elle se culpabilisait et se punissait déjà elle-même, c'était suffisant, inutile d'en rajouter une dose.

— Si vous nous l'aviez laissé, attaqua Pascal Bremond des reproches pleins la bouche en s'adressant à la belle-mère, puisque la mère était absente, rien ne serait arrivé ! Mon fils, vous avez prévenu !

— Votre fils ! brailla Micheline Sueur. Il n'y en a que pour votre fils ! Et notre fille alors ! Elle a paré à ce qui était de plus pressé dans une situation délicate. Une séparation engendre des complications. Il lui fallait trouver une remplaçante dans l'urgence.

— Quelle urgence ! Il y avait déjà quelqu'un.

— Sauf que cette personne ne pouvait pas la journée complète, voire aussi en début de soirée.

— On en revient au point de rupture : son travail, compléta Guillaume Bremond en soutien aux paroles de son père.

— Il n'y a pas que vous de disponible, nous aussi, rétorqua la grand-mère Sueur, et je peux l'inscrire dans mon école. Elle appuya sur le terme « mon école », histoire d'enfoncer le clou et de gagner des points dans cette bataille à obtenir la garde du petit-fils Lucas, négligent le fait qu'il était dans aucun giron sachant que la police n'avait pas en sa possession actuelle un signe de vie.

— Et je pratique à domicile, osa prononcer Louise Bremond. Je suis donc au tant disponible que vous. Je ne vous aurais pas laissé élever mon petit-fils dans un pays étranger. Il existe des lois qui défendent le citoyen français.

— Oh ! Vous ! Le professeur ! persifla Micheline Sueur, je ne vous aurais pas laissé élever mon petit-fils dans un pays étranger. Il existe des lois qui défendent le citoyen français.

La jalousie planait dans le bureau numéro deux. Les deux corps enseignants s'envoyaient leurs capacités professionnelles à la figure ; bientôt, ce serait la valse des diplômes et les phrases délétères. Dupuis intervint sur un ton impérieux.

— Avez-vous terminé vos enfantillages à la con ? Que ce soit clair entre nous, Lucas a disparu. Tout, et j'insiste sur le « tout » ce que vous vous souvenez d'avant sera pris en considération afin d'élargir nos recherches.

Profil bas des grands-parents.

Louise Bremond fouilla dans son sac à main et entreprit d'épousseter ses lunettes avec une lingette.

Pascal Bremond fixa le bout de ses chaussures d'un air pensif, à croire qu'il se promenait dans son bled.

Jean Sueur cura ses ongles avec un capuchon de stylo-bille récupéré dans sa poche, ce qui lui valut un coup d'œil furibond de la part de son épouse qui décroisa les jambes, ajusta sa jupe, se leva et fit mine de partir. Devant l'attaque, la fuite paraissait être la meilleure solution.

— Vous nous quittez ? questionna Dupuis.

— Je vais consoler ma fille. Elle a besoin de sa mère.

— Comme Lucas a besoin de la sienne.

— C'est vrai, capitaine. Caroline est avec son amie. Je m'entretiendrai avec votre lieutenant quant au soutien que nous pourrons lui témoigner, son père et moi.

— Je t'accompagne.

— Puisque tout le monde quitte la pièce, nous aussi, annonça Guillaume Bremond.

— Viens, Louise. Sortons avec notre fils. Il est tard.

Dupuis hocha la tête d'un air approbateur sauf que ce oui, il était à son intention. Il n'aimait pas ce qu'il avait discerné à travers les répliques entendues au cours de ces dernières heures. Cela l'attristait. Il craignit d'avoir raison.

Trente heures à se démener pour aboutir à des supputations, constata-t-il. Rien de concret n'a percé au cours de ces entretiens et des investigations terminées. Les chances de réussir à le retrouver diminuent. C'est la peau de chagrin qui rétrécit sur le dos du môme. L'entourage familial est coriace ; il ne craquera pas si aisément. Creuser, toujours et encore, quel que soit le motif de l'enquête. Vaincre le « Rien ».

Et merde ! dit-il en tapant du plat de la main le bureau de Morgane, l'épine dorsale raidie par un frisson glacial.

Une lumière blanche éclaira la pièce.

L'illumination.

Dernier salut en sortant à l'équipe de nuit en poste. Il était 22 heures 43.

Dehors, le vent soufflait en rafales et des éclairs zébraient le ciel. La pluie fouetta son corps.

28

Loin de la trépidation des villes, Émilie Richier adoptait, sans en avoir pleinement conscience, le paisible rythme de la forêt. Effet bienfaiteur du chalet. Semblable à la nature environnante, les tracas du quotidien avaient glissé sur elle comme la pluie sur les feuilles. À son déplacement lent dans les pièces étroites, poussant du pied la balle de Micha ou l'un des cubes de Valentin encore humide du bain de la veille au soir, aucun événement semblait avoir d'emprise sur elle et troubler son repos. Désormais, elle ne redoutait pas l'avenir, elle chantonnait en se dandinant. Elle esquissa quelques pas de danse, buta contre la table basse et se rattrapa de justesse au canapé. « Quelle sotte tu fais, Émilie ! »

Puis elle fredonna en allant récupérer son mug de café tiède oublié dans la cuisine. D'humeur joyeuse, elle ne gronda pas l'enfant qui tirait les oreilles de la chienne, laquelle ne remuait pas d'une patte, subissant le calvaire de ce nouvel ami. Un compagnon imprévisible puisqu'il passait en une minute top chrono de la caresse à la brutalité, mais une brutalité supportable.

Elle traversa le salon en scandant les paroles du premier couplet de « J'ai deux amours » en rabâchant les cinq vers tel un mantra trois fois de suite : « Il existe une cité, au séjour enchanté, et sous les grands arbres noirs, chaque soir, vers elle s'en va tout mon espoir. » Transfert de lieu dans un esprit tourmenté. Elle avançait en scandant la mesure avec d'amples gestes des bras, semant sur son passage des gouttes du breuvage que la ceinture de la robe de chambre tentait, en vain, d'absorber en balayant le sol. La chienne aurait certainement mieux réussi l'épongeage avec sa queue si elle avait bougé ou léché le plancher, sauf qu'à défaut de nettoyer le parquet derrière sa maîtresse avec sa langue râpeuse, c'était la frimousse de Lucas qu'elle tartinait de bave entre deux caresses, prouvant ainsi qu'elle n'était pas rancunière.

Lasse de sa déambulation, Émilie Richier s'affala sur le canapé au milieu des coussins et tendit ses jambes vers l'âtre où quelques braises rougeoyaient. Elle avait décidé de mettre en pratique le « lâcher-prise » préconisé par son psy. La grasse matinée, à neuf heures passées, un exploit ! La représentante tirée à quatre épingles n'était pas habillée, ni maquillée. Non stressée, elle jugea que le médecin aurait été fier d'elle et qu'il s'attribuerait les honneurs de la psychanalyse ayant débuté, il y avait seulement un trimestre.

Elle s'étira. « Qu'il est doux de ne rien faire quand tout s'agite autour de soi. Michel Carré a raison, Valentin, parfois, il faut savoir fainéanter. Après Noël, nous devrons quitter cet endroit idyllique. Le boulot... Le prochain salon des vins et spiritueux se tiendra à Neuchâtel, en Suisse. Ce n'est pas très loin d'ici, environ une heure de route, mais si le temps est mauvais, il sera dangereux de conduire la nuit pour regagner le chalet. Le verglas pourrait recouvrir la chaussée par endroits et te perdre dans un banal accident de voiture, je n'y survivrai pas. Autant mourir tous les deux. Enfin, refoulons ces mauvaises pensées qui portent la poisse et concentrons-nous sur nos activités de la journée. Voici ce que je te propose, Valentin. »

Lucas jouait avec la chienne.

« Valentin, tu m'écoutes ! Et arrête un peu de lui tirer les oreilles ! »

La dame avait haussé le ton. Il ne faut pas qu'elle crie. Elle me fait peur dans ces moments-là.

Lucas tourna vers la dame un regard empli d'inquiétude.

« À midi, nous mangerons des coquillettes assaisonnées avec du Ketchup. Tu vas adorer. Tous les enfants aiment les pâtes au Ketchup. Puis, cette après-midi, nous couperons nos branches de sapin à l'aide du sécateur que j'ai déniché dans la remise et nous terminerons notre décoration. Il n'a pas neigé cette nuit. Espérons que tu auras ton Noël blanc, mon amour. Et que dirais-tu si nous finissions l'histoire de Jojo lapin, celle où Jojo est en vacances à la mer avec ses frères et sœurs. Hier soir, tu t'es endormi si vite que j'ai fermé le livre avant la fin. Avant le repas, on s'habillera chaudement pour notre promenade dans les bois. Je relancerai le feu tout à l'heure, après avoir mangé comme ça, lorsque nous rentrerons de notre sortie, il fera bon dans la maison. On change nos habitudes ; on bouscule les règles établies. Aujourd'hui, Valentin, nous sommes en vacances ! »

Lucas regarda la dame avec insistance en essayant de déceler quand la foudre s'abattrait sur lui. Elle avait arrêté de crier dès qu'il avait porté son attention sur elle. C'était peut-être l'attitude à adopter avec elle. Elle était si différente de l'autre. L'autre n'était que douceur et câlins. L'étrangère était distante malgré son désir de lui plaire. C'était comme si elle avait envie de le serrer très fort — elle l'avait déjà fait —, et craignait de le briser en mille morceaux. Elle, elle avait un chien ; le chien était gentil et ça, c'était super !

29

Dans une semaine, il y a sept jours. Qui a précisé que l'homme avait besoin de se reposer ? Et quel jour hebdomadaire ? Le brave aspire au repos lorsque ce qu'il a entrepris est accompli ; or, aujourd'hui, dimanche, l'accomplissement frisait l'horizon tellement il était loin à atteindre.

Dupuis avait abandonné sa femme, ses enfants et ses petits enfants dans le centre-ville pour leurs emplettes. Il se joindrait à eux pour le repas dominical, avalé à la vitesse grand V… ou pas. La durée de la réunion familiale dépendrait du rapport des deux policiers en charge de récolter des infos.

Le négatif du rien ! proclama Dupuis devant le paperboard. Il mâchouilla son stylo-bille d'un air pensif. Il formulait l'espoir d'obtenir des résultats ce matin, car la feuille qui occupait ses pensées n'augurait pas un dénuement rapide. Le « négatif du rien » était bien la définition appropriée à ce qu'il avait sous les yeux.

L'attente d'une équipe au complet, se résumait à trois individus : lui, Duharec et Lechat. Le lieutenant Sueur était hors circuit et le capitaine Gillet en train de sillonner son terrain de chasse avec ses collègues des stups.

À 9 heures 30 le jour du Seigneur, Morgane et son acolyte brigadier toquèrent aux portes des contribuables soucieux de rendre service à la collectivité. Une virée qu'ils espérèrent bénéfique.

Dupuis se creusait la cervelle et se perdait dans les hypothèses. Il ouvrit la fenêtre de son bureau avec la ferme intention de s'en griller une, se moquant de l'affiche punaisée sur la porte avec écrit en gros caractères « Interdit de fumer ». Il inhala et évacua la fumée par les narines en toussant. La cendre tomba à ses pieds. La toux, il s'en moquait ; elle faisait partie des doutes face à la maladie que ses poumons ignoraient… ou pas ; le doute, c'était son pain quotidien, c'était celui qui nourrissait l'âme de cet homme solitaire qu'il était devenu au fil des affaires, le gardien des secrets d'un univers cruel et sans pitié.

Ce n'était pas aujourd'hui qu'il arrêterait de fumer.

Il contempla les volutes grisâtres être aspirées vers l'extérieur et happées vers un monde impitoyable, un monde qui lui échappait si souvent. Ce monde, c'était celui qui trahissait les espérances d'un avenir sans accroc ; un avenir lisse comme une mer d'huile et plat comme un champ cultivé tellement grand qu'on ne peut en déterminer le début ou la fin. Ce monde, c'était celui exempt de brutalité qu'il avait rêvé pour son fils et sa fille et qu'il n'avait pas su leur offrir, car il n'existait pas. Alors, il rejette l'espoir avec la fumée de cette clope qui le brûle à l'intérieur et qui finira par avoir sa peau.

Il toussa de nouveau. Les collègues allaient l'entendre, car les fines cloisons du commissariat empêchaient l'intimité ; ils hausseraient les épaules en compatissant, car il fallait bien évacuer, à chacun sa manière, le trop-plein d'écœurement qu'engendrait cette société dans laquelle ils se mouvaient tous, eux, la force de l'ordre.

À nouveau, il toussa ; une toux plus violente que la précédente. Il avait mal et le mal l'indifférait. La douleur physique, il la supportait ; quant à la douleur morale accouchée par la disparition du môme, elle lui vrillait le cerveau. Quarante et une heures sans avoir eu de nouvelles, c'était long, long et inquiétant. Ce fut à ce moment précis qu'il perçut la voix de Morgane qu'il n'avait pas entendu entrer.

— Pat… Jacques, dit-elle en se reprenant, nous sommes rentrés.

Dupuis referma la fenêtre et écrasa le bout incandescent de sa cigarette dans un pot de yaourt en verre consacré à cet usage.

— Racontez.

— Bon, commença Lechat de sa voix caverneuse, nous avons interrogé ceux qui étaient présents dans les habitations autour du parc. Le quartier en comptabilise une quarantaine.

— C'est peu.

— Oui, mais la pêche a été lucrative. Dans l'une d'elle, il y a une mère qui amène sa fille au parc après l'école. La gamine se souvenait du petit garçon, car il veut jouer avec les grands et eux l'éconduisent. Il le qualifie de « bébé ». Ils l'empêchent de s'asseoir sur le tourniquet, alors c'est elle qui l'installe dessus, s'assoit à côté de lui et fait tourner le dispositif avec ses talons.

— Parfait. Elle a donc vu ce qu'il s'est produit vendredi soir.

— C'est là que ça se corse. Ce jour-là, elle n'y était pas. Avec sa mère, elles ont acheté un sapin sur le parking de la grande surface et ont regagné leur domicile directement.

— Merde ! Pas de bol !

— Comme vous dites, capitaine.

— Sauf que la petite nous a lâché une info à exploiter, enclencha Morgane sur un ton victorieux. Elle joue avec d'autres gamins, et devine quoi ?

— Je t'écoute.

— Les enfants en question sont gardés par des femmes de couleur.

— Et ?

— Jacques ! Des femmes de couleur ! Fatou Edou est africaine ! Je suis certaine que ce sont ses copines et qu'elles parlent entre elles. Elles se racontent leurs histoires. Ce que nous a caché la nounou de Caroline, nous le saurons par elles !

— Les noms que Fatou m'a communiqués hier matin. C'était prévu de les interroger. Vous les aviez vus, la mère et toi ?

— Tu m'as déjà posé la question hier, Jacques, et je t'ai répondu non. C'était tard. Il faisait déjà nuit lorsque Caroline m'a téléphoné. Elles avaient dû partir. Ce matin, c'était tôt. Maintenant, c'est l'heure idéale. On t'a fait notre rapport, il faut y aller de suite sinon on va les louper.

Merde ! pensa Dupuis, il n'y a pas que Morgane qui déraille. Si, moi aussi, je perds la boule, on n'est pas près de résoudre l'énigme. Qu'imaginera-t-elle ?

— Calme ton enthousiasme, Morgane, énonça Dupuis avec aplomb. Nous sommes dimanche, et le dimanche, à cette heure-ci, les gens sont en famille ou à la messe, certainement pas en train de s'occuper des gosses des autres.

— J'irai avant de faire un saut à la maison malgré ton scepticisme ! clama Morgane avec l'air buté de celle qui ne changera pas d'avis.

— Non. Nous verrons ça demain après-midi. Récapitulons.

Dupuis s'approcha de la feuille stylo en main.

— Les vérifications suites aux interrogatoires d'hier. Le plombier Sueur était seul sur un chantier. J'ai l'adresse.

— Je m'en charge si vous êtes d'accord, prononça Lechat, le brigadier aimant l'action.

— Parfait. Vous vous mettrez en route dès que nous aurons terminé. En considérant que notre plombier nous a dit la vérité, nous aurons la confirmation de son alibi par les propriétaires. Vivant au milieu des gravats, ils auront vérifié l'avancée des travaux. Ils doivent avoir hâte d'ouvrir les chambres et d'amortir les frais. Ensuite, il y a la mère Sueur, directrice d'école, un alibi en béton. Inutile d'approfondir de ce côté-ci, un simple appel téléphonique au rectorat conviendra. En revanche, ne te déplaise, Morgane, la mère de ton amie Caroline ne dissimule pas ses idées racistes. Par complaisance vis-à-vis de son épouse, son mari aurait pu kidnapper le petit-fils et le soustraire à l'éducation de la nounou. Je me pose la question. D'où la confirmation, sur ce chantier, des travaux réalisés.

— Je me renseigne aussi dans ce sens ?

— Creusez, Lechat. Creusez. Notez les détails. Très importants les détails. En cas d'absence, sonnez chez les voisins bien qu'il ait précisé « au milieu d'un vignoble ». Une fourgonnette est un véhicule encombrant, elle gêne la manœuvre du conducteur quand il rentre chez lui, ce dernier râle et parle, forcément. Nous pourrions avoir une heureuse surprise. Ensuite, nous avons les Bremond. Le libraire a un alibi pertinent : la préparation d'une dédicace. Un coup de fil à l'auteur et ce sera bouclé. Facile. En revanche, chez sa femme, la prof de piano, le contexte est flou, sans alibi et seule chez elle selon ses dires.

— Nous entrons dans le cadre du ratissage large, énonça Morgane.

Le « ratissage large » était pour le lieutenant Duharec une expression qui englobait la piste des dépenses en CB, des e-mails, des appels téléphoniques entrants et sortants, des loisirs, et cetera, et cetera. Une très longue liste qui prenait un temps fou, même à l'heure de l'informatique. Le terme était différent de celui de Dupuis — il nommait les missions : la procédure, comme d'habitude, suivant le contexte —, mais il aboutissait à des conclusions similaires.

— Affirmatif. Et la voiture de Madame est une Twingo blanche achetée il y a un an.

— Vous avez le signalement des autres ? questionna Lechat.

— Affirmatif, brigadier. Avec la lecture automatique des plaques d'immatriculation, il sera facile de les localiser dans un parking public ou privé. Un système ingénieux qui facilite nos recherches. Vous avez une antiquité Wolswagen polo grise pour Monsieur Bremond et une BMW noire modèle série 2 pour le fils. Quant à la famille Sueur, un Ford Transit blanc cabossé qui date de 2003 et l'épouse une Peugeot 108 noire. J'ai en ma possession la photocopie des cartes grises. Je vais vous en tirer deux exemplaires, un pour chacun.

— Et le mari de Caroline ? Il ne faudrait pas l'évincer.

— Je ne l'oublie pas, Morgane. Je le maintiens dans mon viseur. À part la vieille du deuxième à qui il a tenu la porte de l'immeuble, on n'a rien. Ce foutu « négatif du rien » pensa Dupuis.

— Un ratissage en sa faveur ?

— Affirmatif, Morgane. Une demande pour deux individus. J'innove, je regroupe, je gagne du temps.

— À trois, cela va être juste !

— Je demanderai à ton époux de nous aider. C'est sa coéquipière ; il ne refusera pas.

— Si Marc et ses gars s'occupent du ratissage, que Lechat s'occupe du grand-père Sueur, que les nounous du parc, c'est pour demain après-midi, je fais quoi, moi, aujourd'hui ?

— Tu soutiens ton amie Caroline. Tu l'informes des résultats ; officieusement, j'entends. Tu…

— En bref, je reste tranquillement à la maison pendant que d'autres se démènent ! Je ne comprends pas ton raisonnement, Jacques !

— J'ai besoin de quelqu'un qui prenne du recul sur l'affaire, mentit Dupuis.

— Faux ! J'ai compris ! Après Caroline, c'est mon tour. Au placard, la Morgane !

La sonnerie du téléphone interrompit la houleuse protestation.

— Une personne te réclame à l'accueil, Morgane.

— J'y vais ! Je ne serai plus dans tes pattes ! Pour l'instant, bougonna-t-elle en attrapant son sac à main.

— Bon, maintenant qu'elle est sortie, je vous mets dans la confidence, Lechat. Nous devons soulever ce foutu problème culturel qui sépare les deux familles. Je ne l'ai pas évoqué devant le lieutenant, elle aurait sauté au plafond. Le beau-père est d'origine marocaine. Il a déjà acquis une baraque dans son pays natal. Il finira ses vieux jours là-bas. La descendance est masculine. Si elle avait été féminine, je ne m'engagerais pas dans cette voie. Un héritier mâle ouvre des perspectives. Foutu patriarcat qui perdure au-delà de nos frontières.

— De là à enlever son propre petit-fils dans le but de l'éduquer au bled sans l'accord de son fils ?

— Qui nous dit qu'il n'est pas complice ? Il a demandé sa mutation, d'accord, mais pour où ? Il n'a pas précisé. La seule indication qu'il a donnée vendredi soir est, je cite : « Je me rapproche du domicile de mes parents ». C'est vague. Il n'a pas cité le lieu, et dans ce cas, j'envisage n'importe lequel. Le monde est vaste. Des bahuts français, il doit en exister au Maroc comme en France, non ?

— Je ne sais pas. Certainement. Des écoles privées à l'enseignement bilingue.

— Affirmatif. Je suis d'accord avec vous. Creusons cette piste. Je me charge de sonder l'académie demain dans la journée.

À force de creuser, pensa Lechat, cette enquête ressemblera à une meule de gruyère. Drôle de façon de procéder. Chez les stups, nous agissons avec des méthodes différentes. Nous allons droit au but. Nous tapons dans le filet. Il n'y a pas de coup franc, pas de temps mort, pas de penalty, que des points marqués.

— Et les urgences médicales ?

— Hôpitaux ? Cliniques ?

— Oui.

— Négatif.

— Rien ne tape ?

— Rien, soupira Dupuis.

— Ce sera tout ?

— Affirmatif. Allez-y. On résume ce soir vers 18 heures.

Dupuis reposa le stylo. Ce qui le tracassait, c'était ce vide qui cernait l'enlèvement et finirait par l'étouffer comme un étau. Les méticuleuses investigations semblaient aboutir au néant. C'était désespérant au point de ruiner le moral de l'individu le plus optimiste sur cette planète. Et puis il y avait Morgane. Morgane, qui s'enflammait comme un brasier, qui perdait ses repères, qui coulait à pic dans un torrent d'émotions qu'elle ne contrôlait plus et qu'il avait fallu neutraliser en douceur. Le « négatif du rien » les avait emportées, elle et sa tête remplie de similitudes : job, enfant, lieu de vie ; des similitudes non comparables.

Morgane s'était braquée. C'était fatal. Prévisible. Il avait empêché le naufrage ; elle le maudirait quelques jours, puis elle comprendrait. En la punissant, car elle l'avait vécu ainsi, une punition donnée par le maître à l'élève, Dupuis l'obligeait à recracher l'eau avalée dans cet océan de crimes et de délits, il l'obligeait à vomir son dégoût. Il fallait en passer par là. Il mettrait un terme à son éloignement avant qu'il ne soit trop tard, avant que le ras-le-bol ne l'emporte au loin et qu'il ne puisse la récupérer. Morgane, son rocher, la pierre à laquelle il s'accrochait contre vents et marées jusqu'à ce que la tempête se calme. Combien d'heures à subir encore avant que les vagues ne stoppent leurs violences infernales ?

Ce « négatif du rien », qui allait-il emporter dans ses filets ? Qui serait le suivant dans l'équipe ?

30

Elle le reconnut dès qu'elle posa les yeux sur lui. En arrêt au milieu du couloir menant au hall d'entrée du commissariat, Morgane dévisagea Alberto Giordano. Il y avait en lui un imperceptible changement qu'elle n'arrivait pas à identifier. Ce n'était pas sa tenue vestimentaire — il était égal à lui-même dans ses fringues : un caban bordeaux et un pantalon en velours côtelé de couleur identique, un pull ras de cou en cachemire rose pâle, des bottines à lacets rouges —, c'était le sac porté côté droit avec une espèce de boule qui dépassait. De loin, il ressemblait à un de ces bagages autorisé à conserver avec soi dans l'avion sauf que ledit bagage remuait bizarrement.

Morgane hésita à avancer de trois ou quatre pas. Elle connaissait le bonhomme. Dès qu'elle serait dans son champ de vision, il se précipiterait vers elle, lui tiendrait le crachoir, et il lui serait difficile de s'en débarrasser. Seulement, ici, elle n'était plus la bienvenue, alors elle avança et ce qui devait se produire se produisit.

— Hou ! Hou ! C'est moi ! clama Alberto en agitant les bras au-dessus de sa tête, se dandinant sur place, malmenant ledit sac en cuir glacé noir par son déhanchement.

— Monsieur Giordano, que me vaut ce plaisir ?

— Figurez-vous que Bernard — c'était son compagnon ; ils vivaient séparément à cinq cents mètres environ l'un de l'autre ; elle avait fait leurs connaissances lors d'un cadavre découvert dans l'appartement d'Alberto Giordano —, lors de son dernier voyage en Allemagne à…

— Et si vous me racontiez votre histoire en buvant un café noir dans le bar à côté, coupa Morgane.

— Du thé, ma chère, souvenez-vous, je bois du thé et pas n'importe lequel, du Darjeeling noir en provenance des hauts plateaux hindous issu de l'agriculture biologique et récolté à la main. Il ne faut jamais négliger la cueillette. Il va de soi que le séchage des feuilles, le stockage, l'emballage, le transport, sont tout aussi importants. D'ailleurs, les amateurs de thé vous le confirmeraient. Et que dire de l'infusion, chère demoiselle. Figurez-vous que certaines personnes se dispensent de la température de l'eau et du minutage. Sans aller jusqu'à la traditionnelle cérémonie du thé qui se pratique avec du thé vert, j'opte pour deux minutes et trente secondes exactement, pas une de plus, ce qui me procure une marge de trente secondes au cas où Bernard m'adresserait la parole à ce moment-là. Heureusement, je n'oublie jamais de chronométrer et…

— Vous avez un chien ! s'exclama Morgane en le poussant vers la sortie.

— Oh ! N'est-il pas a-do-ra-ble ! Une initiative de Bernard après ce cambriolage qui a été un passage horrible dans ma vie. J'étais justement venu pour vous communiquer les résultats de nos recherches sur le net. Lundi ou mardi, je ne me rappelle pas exactement le jour, cela importe peu, les jours filent si vite ma chère, enfin bref, je disais que la semaine dernière…

— Besoin d'un double expresso, supplia Morgane en interrompant une nouvelle fois son interlocuteur.

— Si votre besoin est si pressant, alors, allons chez moi. Nous ferons une halte chez Marianne et nous achèterons des viennoiseries. Marianne ? Vous vous rappelez, n'est-ce pas ? Marianne est la boulangère proche de la maison qui vend des pains exquis. Son époux est un Dieu. Il fait des miracles avec de la farine, du sel et de l'eau.

— Sans oublier la levure.

— Évidemment, ma chère demoiselle.

— Où partez-vous, Monsieur Giordano ?

— Vers l'arrêt de bus, jolie demoiselle.

— Inutile. Je vous conduis. Ma voiture est garée derrière le commissariat, sur notre parking réservé.

— Quel privilège ! Une électrique ? Une hybride ?

— Ni l'une, ni l'autre. Une citadine de la marque Citroën à essence. Le numéro 1 de la gamme.

— Oh !

— Ne vous méprenez pas, Monsieur Giordano, lorsque je stipule le number one c'est rapport au prix, pas le haut du panier en confort et performance. Jugez par vous-même. La voici !

Alberto Giordano marqua l'arrêt devant le véhicule rouge vermillon.

— Quelle splendeur ! Une teinte flamboyante ! C'est toujours ce que je me tue à raconter à mes amis : le gris ou le noir sapent le moral des gens. Si tous les automobilistes conduisaient des véhicules à la carrosserie peinte en vert pomme, jaune d'or, cyan, orange et que sais-je encore, nous aurions un arc-en-ciel dans nos villes. Nous assisterions à un in-cro-ya-ble défilé dans les rues répandant une humeur joviale sur son passage.

Morgane déverrouilla les portières. En jetant son sac à main sur la banquette arrière, le calepin jaillit de la poche de son blouson et tomba dans le vide-poches. Prise de guerre, pensa-t-elle. Il me sera utile prochainement.

— Vous souriez à présent, jolie demoiselle, ce qui n'était pas le cas tout à l'heure. Vous aviez le visage d'une personne à la fois courroucée et chagrinée.

— Une idée qui a traversé mes neurones.

— Agréable, il semblerait, à voir vos traits. Je vous préfère ainsi, charmante demoiselle. Le chagrin flétrit l'âme et je m'y connais en chagrin. Souvenez-vous dans quel état j'étais après le cambriolage. Dé-ses-pé-ré. Une loque durant au moins deux mois. Huit semaines à se ronger les sangs, à trembler à la première pétarade provenant du parking situé en face de la maison. C'était à devenir paranoïaque, et pour y mettre fin, Bernard a acheté dans un élevage Suisse très, très bien noté dans la revue « La Centrale Canine », cette ravissante chienne. Je l'ai appelée Cannelle en référence à son pelage soyeux brun caramel. Touchez, dit-il en inclinant le sac posé sur ses genoux.

— Attendez que je finisse de manœuvrer, Monsieur Giordano, et je vous promets de la tenir en laisse.

— Jamais de la vie ! Avec les immondices qui souillent les trottoirs. Elle ne pose jamais un coussinet par terre. J'aurais trop peur qu'elle contracte une maladie. J'en serais malade de l'avoir négligée. N'écoute pas, ma petite Cannelle, ajouta Alberto en lui rabattant les oreilles. Je vous pardonne, gentille demoiselle, et Cannelle aussi. N'est-ce pas Cannelle ?

— Wouaf !

— Voilà ! C'est oublié ! Entrons chez Marianne !

Un quart d'heure après, ils ressortaient avec une boîte de gâteaux contenant un panachage de macarons au lieu des viennoiseries initiales.

Après avoir désactivé le système d'alarme, le maître libéra le chihuahua dans le hall d'entrée de son trois-pièces proche de la cathédrale. L'animal s'ébroua sur le tapis persan, essuya ses pattes dessus au même titre que les souliers d'un humain sur un paillasson, et partit comme une fusée vers la salle de bains afin de déféquer dans une maison de toilette pour chat. Les sons qu'ils perçurent prouvèrent l'urgence de l'opération. En revanche, aucune odeur ne vint polluer l'appartement.

— L'éleveur m'a recommandé de l'habituer lorsqu'elle était un a-do-ra-ble chiot. Il n'avait pas tort. Bernard me félicite d'avoir suivi son conseil. En revanche, il faut une litière adéquate. J'achète celle avec des cristaux de silice qui ne collent pas à ses poils ; les autres le font. Et j'ai adjoint dans la salle de bains un diffuseur de parfum avec bâtonnets qui neutralise les émanations ; je trouve que c'est mieux que l'encens préconisé par Bernard. Onéreux, certes, mais le prix est le prix. Avez-vous un animal de compagnie, chère demoiselle ?

— Non.

— Quel dommage ! Du sucre ? demanda Alberto en clôturant le sujet. Installez-vous dans le salon, je vous rejoindrai avec le plateau.

Quatre minutes réglementaires d'infusion du café fraîchement moulu.

Alberto Giordano appuya sur le piston de la cafetière.

31

15 heures.

Morgane avait considéré la situation sous un angle différent par rapport à celui du capitaine Dupuis et de son mari en avalant sa dose de caféine.

Confidence.

Secret de Polichinelle étalé sur les ondes.

Il avait été facile de persuader le maître de Cannelle. Elle avait pris la direction de Saint André les Vergers, un détour d'une dizaine de kilomètres et une perte de quelques minutes afin qu'il s'imprègne de l'ambiance des lieux. Le passager de la Citroën C 1 rouge avait été flatté ; il avait grimpé les barreaux sur l'échelle de l'amitié.

Enorgueilli par la confession du lieutenant, Alberto Giordano avait participé activement à l'inspection du parc et des alentours. Si Morgane l'avait écouté, il serait toujours en train d'épiler le sol à la récolte d'indices et de harceler les promeneurs.

Résultat : un retard sur l'horaire impossible à rattraper qu'il leur faudrait justifier en arrivant.

Un mauvais point pour le coéquipier nouvellement promu.

Gilbert Grand, un homme de taille moyenne âgé de cinquante-trois ans, à la barbe peu touffue et aux cheveux gris ondulant sur la nuque les attendait sans vraiment les attendre. Il vaquait à ses occupations en compagnie de sa sœur, Anne-Marie, son aînée de deux ans, une frêle femme d'un mètre soixante-cinq débordante d'énergie, religieuse de son état, qui citait Confucius comme elle citait la bible, et à l'écoute permanente de son frère qui la consultait dès qu'un doute l'assaillait ce qui se produisait beaucoup trop souvent selon elle, assumant ce rôle de confidente vingt-quatre heures sur vingt-quatre, sept jours sur sept, comme quoi le sacerdoce s'immisce partout.

Sœur Agnès répondit à l'appel de la sonnette. « Entrez ! Entrez ! Suivez-moi ! Mon frère est dans la serre. »

Morgane désira attaquer d'emblée le motif de leur visite alors qu'à l'inverse Alberto Giordano s'extasia devant les arbres miniatures et les orchidées suspendues, soulevant les pots, caressant les feuilles, déplaçant les objets sur la table que l'aide, dans un gracieux mouvement de voile, remettait en place au fur et à mesure, récupérant sécateur, ciseaux, pince coupante, griffe à rempotage et fil de cuivre.

— Je ligature avant le printemps ce conifère.

— C'est ma-gni-fi-que ! Quelle délicatesse ! Un travail minutieux avant d'en admirer l'aboutissement. Quelle patience !

— Une passion.

— Vous m'avez ôté le mot de la bouche, mon cher détective. Et ces orchidées ! Dieu ! Quelle splendeur !

Sœur Agnès tiqua. Grand s'en amusa. Morgane s'impatienta.

— Vous n'êtes pas venu jusqu'ici pour discuter botanique, je présume, annonça Gilbert en ajustant ses lunettes à monture ébène — il était myope et presbyte.

— C'est exact, répondit Morgane.

— Retirons-nous dans mon bureau. Nous y serons à l'aise.

Grand suspendit la blouse verte au crochet du réveil bleu, éteignit le poste radiocassette qui diffusait le Requiem de Mozart, replaça le micocoulier de Chine sur l'étagère — Alberto se l'était approprié afin de le détailler à la loupe —, fit sortir le groupe, vérifia la température au thermomètre mural — en cas de gel, il allumait le poêle à pétrole et la serre gagnait deux ou trois degrés, ce qui endiguait la catastrophe —, et ferma la porte en polycarbonate avec le loquet.

Ensemble, ils traversèrent le jardin et entrèrent dans l'habitation par le garage communiquant avec la cuisine. Derrière eux, Grand tira le lourd volet en bois et tourna le verrou. Il se déchaussa pendant que sa sœur conduisit les invités vers son bureau.

La comparaison qui germa dans l'esprit d'Alberto Giordano en pénétrant dans la véranda, baptisée cabinet par le détective, fut celle de la continuité. La serre. La véranda. Notre ami a soif de verdure, pensa-t-il. Il a soif de liberté. C'est un oiseau qui n'aime pas être en cage et qui s'évade, épris de contrées lointaines. C'est un homme qui vole au-dessus des nuages.

Pour parfaire la similitude avec les pensées de Giordano, dans l'angle droit, un palmier planté dans un pot de couleur vert d'environ cinquante centimètres de diamètre déployait majestueusement ses palmes aux rayons du soleil traversant le verre légèrement teinté, rayons inexistant aujourd'hui pour cause de pluie et, en partie à cause de cela, le store vénitien blanc cassé avait été relevé afin d'apporter un maximum de lumière.

— Assoyez-vous. Anne-Marie — il nommait rarement sa sœur « Sœur Agnès » —, pourrais-tu nous ramener un autre siège ? demanda Grand en chaussettes, n'éprouvant aucune gêne devant le groupe. Avant de s'asseoir dans son fauteuil de ministre à roulettes, il remonta son pantalon et tira sur son pull en laine à grosses torsades.

Sœur Agnès revint avec le tabouret à deux marches récupéré dans la cuisine qui lui servait à atteindre le haut des placards. Tout le monde étant déjà assis, l'inconfortable siège lui fut destiné. En pénitence, la vieille, songea-t-elle. Ces jeunes… Elle se fit une raison et posa son postérieur sur le tabouret. Ressentant la gravité de ce qui allait suivre, elle tendit l'oreille, muette comme une carpe.

Morgane allongea ses jambes, adoptant une posture de franche camaraderie.

Alberto termina d'ausculter la pièce en connaisseur amoureux des belles plantes et ce palmier, dans cet abri insolite, exprimait à lui seul l'exotisme. Il emporta le penseur si loin qu'il eut dû mal à comprendre ce que rapportait le lieutenant.

— Exactement. Puisque je vous certifie que Dupuis m'a mise à l'écart, et mon mari aussi. Il est de connivence avec lui. Que craignent-ils ? Que je foire l'affaire ? Que je ne sois pas assez vigilante avec mon ardeur à chercher tous azimuts ?

— Possible. Vous êtes donc retournés au parc tous les deux avant de venir.

— Je reconnais qu'il n'y avait pas foule. Les promeneurs ne correspondaient pas aux femmes que j'espérais y trouver. Y aller lundi après-midi est une meilleure idée, j'en conviens.

— Jacques s'en chargera ?

— Non. Un des gars de mon mari, aux stups.

— Et le mobile ?

— Les investigations sont dans l'impasse. Pédophile et dealer, négatif. Une rançon, négatif, du moins pour l'instant. La nounou, négatif, et sur ce point, je rejoins Dupuis. En dépit du fait que Caroline lui ait accordé sa confiance, je reste méfiante d'où la visite éclair au parc.

— « Celui qui déplace la montagne, commence à enlever les petites pierres », cita Sœur Agnès.

Avec ce duo de chocs, pensa Grand, nous allons migrer vers les chemins de traverse, les directions foireuses et la frangine n'ayant aucun sens de l'orientation, nous échouerons dans le trou du cul du monde. Nous allons être paumés des lustres.

— Si je récapitule, suggéra Grand, j'ai une cause : quel facteur déclenche un enlèvement.

— C'est le mobile, rétorqua Morgane, étonnée par la phrase.

— Exact, et la conséquence : un enfant en bas âge qui nécessite un minimum de soins. Soyons des fourmis besogneuses. De quoi aura-t-il besoin ?

— De vêtements ! s'écria Alberto Giordano. À son âge, on se traîne par terre et la machine à laver fonctionne à plein régime.

— Très juste, et quoi d'autre ? insista Grand.

— De s'alimenter, osa prononcer la sœur.

— De dormir, de bouger, de jouer, et cetera, et cetera, marmonna Morgane. À écouter l'énumération, nous allons chercher une aiguille dans une botte de foin, dit-elle à voix haute.

— Je raisonne en lançant des idées qui peuvent paraître farfelues au début et s'avérer cruciales par la suite.

— Vous parlez comme le capitaine en utilisant les mots qu'il prononce.

— Une longue collaboration entraîne un mimétisme. Que nous recommandez-vous, Morgane ?

— De nous rendre chez Caroline, et pas un mot à Jacques.

— Retourner au parc, renchérit Alberto Giordano. À dix-huit mois, on est haut comme trois pommes, on devient invisible, on se fond dans la masse. C'est de l'eau qui vous glisse entre les doigts, insaisissable ; une anguille qui rampe dans le sable de la rivière.

— Pourquoi pas, capitula Morgane. Je serai la première chez Caroline.

— Je raccompagne Anne-Marie au couvent avant le couvre-feu de dix-huit heures, et ensuite, nous irons chez elle.

— Puisque nous formons une équipe, nous pourrions nous tutoyer et nous appeler par nos prénoms, dit Alberto Giordano d'une voix persuasive.

— Qu'en pensez-vous, Morgane ?

— Va pour Morgane, soupira-t-elle. Au point où elle en était des surprises, elle ne fut pas déstabilisée.

— Alberto ! cria l'initiateur.

— Gilbert, dit Grand, placide.

— Sœur Agnès !

Les trois pivotèrent vers elle, estomaqués. La hardiesse de la religieuse les fit sourire alors que l'heure était grave.

— Bienvenue au club, la frangine. Tes prières seront autant d'ondes positives sur la voie du succès.

— Dans ce cas, allons-y, Gilbert ! clama Alberto en se levant. Je suis prêt et Cannelle aussi.

— Qui est Cannelle ? questionna Sœur Agnès.

— Une a-do-ra-ble chihuahua à poils longs. Elle garde la maison en ce moment.

— J'adore les animaux. Quel dommage qu'elle ne soit pas avec vous. J'aurais tant aimé la connaître.

— Toi, ma sœur, toi, rectifia Alberto. Cannelle est un vrai chien de garde. Elle aboie dès qu'un bruit suspect l'inquiète. Avec elle, j'ai le sentiment d'être en sécurité, et figurez-vous…

— Toi.

— Oui. Toi ! rectifia Alberto en riant. Je disais donc, figure-toi qu'après ce mer-veil-leux cadeau de Bernard, il a fallu rectifier les détecteurs de mouvement de l'alarme malgré sa petitesse. L'installateur réglait le faisceau pendant que j'usais de moult stratagèmes pour qu'elle saute. C'est incroyable comme cette petite bête est maligne, et d'une intelligence, je ne te raconte pas.

— Tu as une photo d'elle ?

— Oh ! Pas qu'une, ma sœur, j'en ai des dizaines sur mon IPhone. Je commence par le début. Là, c'est le jour où Bernard l'a ramenée dans son panier. Elle était si petite qu'elle disparaissait dans les coussins. J'ai cru qu'elle allait s'étouffer, pauvre animal sans défense, dépendante du foyer qui l'accueillait. Elle tremblait de tous ses membres. Je l'ai de suite prise dans mes bras, et, aussitôt, elle s'est calmée et endormie contre moi. C'était touchant. N'est-ce pas merveilleux qu'elle ait vu en moi une mère adoptive. Et, ici…

Morgane se figea en entendant les paroles. Un frisson glacial parcourut son dos. Lucas sans sa mère. Jamais elle n'aurait pu l'imaginer un jour.

— Libère la de ce carcan.

— Jamais de la vie ! Moi, vivant, elle ne marchera pas sur les graviers qui meurtriront ses a-do-ra-bles coussinets.

— Qui te parle de gravier ou de terre, je la tiendrai en laisse dans l'herbe. Un chien ne demande qu'à dépenser son énergie, et toi, tu continueras tranquillement à fouiller les bosquets. Tu seras absorbé par ta tâche. C'est ce que tu souhaitais en venant ici, alors, ne te gêne pas pour moi, et passe-moi ce sac qui t'encombre.

— Ta sœur m'a influencé.

— Elle était aux anges dans la voiture avec Cannelle. Tu l'as rendue joyeuse de chez-toi au couvent. Ramener à 17 heures au lieu de 18. Une heure en moins en notre compagnie. C'est une maigre compensation, et confie-la moi. Elle t'empêche de chercher correctement avec ce sac qui ballotte devant ta figure.

— C'est bien parce que je n'y vois rien que je te la donne.

— Je t'avais dit de te munir de la torche pour t'éclairer.

— Et paraître idiot aux yeux du monde.

— Quel monde ! Il n'y a personne ! Pas un chat dans la rue. Ils sont tous planqués chez eux ou dans le supermarché en face avec l'ouverture exceptionnelle. Mais qu'est-ce que tu espérais, Alberto ? Trouver le Saint Graal en reniflant comme Cannelle. Les lieux ont été ratissés par l'équipe scientifique avant toi.

— Morgane avait l'intention de revenir ici, alors, je suis son idée. Je me calque sur elle, dit-il en se penchant sur un buisson.

— Vous avez perdu quelque chose, mon brave ?

Alberto sursauta. Concentré sur la mission, il n'avait pas entendu approcher la vieille femme qui se tenait derrière lui. À deux pas de là, Grand se marrait. Il ne l'avait pas prévenu.

— Aaaaaah ! Non !

— N'ayez pas peur, mon brave. C'est un gentil toutou. Brutus n'a jamais mordu quelqu'un en dépit de ce nom que lui a affublé le refuge. Il impressionne par sa taille. Sachez qu'il ne ferait pas de mal à une mouche. Vous voulez ma lampe électrique, dit-elle en la sortant de la poche de son manteau aussi vieux qu'elle. C'est utile d'en avoir une le soir. Tenez, je l'allume et je vous éclaire.

Alberto lui attrapa le poignet sans ménagement et braqua le faisceau lumineux sur Grand tel un puissant projecteur.

— Aaaaaah ! Non !

— Calmez-vous, mon brave. Puisque je vous dis que Brutus ne s'approchera pas de vous. Regardez, je m'éloigne.

Et la lumière s'éloigna avec le boxer en train de disséminer ses filets de bave sur le sol tel un escargot.

— Comment as-tu osé, Gilbert !

À ce moment-là, la vieille réalisa que le cri poussé par l'homme n'était pas destiné à son chien. Brutus n'était pas incriminé. Le cri s'adressait à l'homme qui foulait la plate-bande.

— Elle avait envie de pisser.

— Les animaux sont comme nous. Quand ça nous prend, il faut y aller de suite sinon, c'est la catastrophe assurée, ajouta la vieille.

— Tu as vu ses pattes ! Maculées de terre ! Et en plus, elle gratte !

— Mon brave, c'est normal, c'est un chien. Brutus fait pareillement.

Alberto se tourna vers elle en la fusillant du regard. Comment osait-elle émettre une comparaison entre les deux canidés !

La vieille gloussa. Encore un chien de riche, pensa-t-elle. Le genre de celui que j'ai vu dans le film avec Ginette : « Le chihuahua de Beverly Hills. » Elle enchaîna.

— Dites-moi, mon brave, il ne doit pas souvent se dégourdir les pattes, votre chien.

— Ce n'est pas un chien, c'est une chienne, une pure race issue d'une longue lignée avec un pedigree sur plusieurs générations.

— Chien ou chienne, c'est du pareil au même, il faut que la bête se dépense, qu'elle coure, qu'elle s'amuse. Tenez, le mien, il joue souvent avec les enfants l'après-midi. Il y en a toujours un qui lui lance un bâton. Je le détache un peu. C'est interdit, et comme les gens s'en moquent, mon Brutus, il distrait les gosses et ce n'est pas les femmes qui les gardent qui se plaindront. Pendant que les gosses sont occupés, elles papotent ou bien elles sont sur leurs téléphones. Je les vois faire quand elles sont assises sur le banc. Alors, je laisse mon chien vagabonder dans le parc et tout le monde est content.

— Les femmes dont vous parlez, est-ce que vous les connaissez ? questionna Grand.

— De vue, mon brave. C'est Brutus que je surveille. Il y a des enfants qui sont petits, il pourrait en bousculer un. Je ne veux pas d'ennui, surtout depuis que ce gosse a disparu.

— Vous y étiez ?

— Quand ?

— Avant-hier. Le vendredi de la disparition.

— Non, mon brave, c'est le jour du kiné. Il vient à la maison tous les vendredis pour mon Richard. Richard, c'est mon époux. Il ne va pas fort, le bougre. Il a la bronchite et elle dure, elle dure. Le kiné, il lui tape dans le dos et après, il crache tout l'après-midi que ça en est dégoûtant. Ce jour-là, le Brutus, je ne le sors pas longtemps. Il fait ses besoins devant l'immeuble et après, je ramasse sa crotte et je remonte avec à la maison. Ici, c'est différent. Des crottes, il y en a partout. Une de plus, une de moins, cela compte peu.

Alberto fusilla Grand. À chacun son tour.

— Il est tard, Alberto, et nous sommes attendus, annonça Grand en raccourcissant la laisse.

— Vous avez raison, mon brave. Je rentre chez moi. Allez Brutus, on y va et ne tire pas. Tu courras demain.

Alberto se précipita sur Cannelle. Il la tint à bout de bras.

Dans quel état tu es ! Puisque c'est ainsi qu'il t'a traitée, tu iras à l'arrière salir la banquette de Gilbert, se lamenta Alberto.

Grand démarra en rigolant.

Lamentations sur sa droite.

Grand songeait à la vieille, fidèle au poste sauf le jour fatidique. Et merde ! Dommage ! Nous aurions pu apprendre quelque chose d'important.

33

— Urgence ! Laissez passer ! La salle de bains ! Où est-elle ?

Alberto, paniqué à l'idée de laver sa chienne — c'était le toiletteur qui s'en chargeait d'habitude —, en oublia de respecter les convenances. Son attitude empressée arracha un sourire à la propriétaire des lieux ce qui rassura, en un éclair, Morgane. L'amie de longue date nota la lueur fugace qui brilla dans l'iris de Caroline, une lueur provoquée par l'incongruité de la situation, celle qui vous réconforte instantanément.

— En haut ! La porte en face de l'escalier !

Le sourire disparut aussi vite qu'il était apparu et le tragique s'invita sur le visage de la mère.

— Je crains le jour où tu sonneras à ma porte nimbée des lueurs de l'aurore, Morgane. C'est en train de me tuer. C'est une braise qui consume petit à petit mon corps, qui assassine ce qui était mon ultime raison de vivre. J'essaye de chasser ces pensées morbides. Elles engendrent l'horreur que nous connaissons dans notre boulot. Je ne vis plus. Je ne respire plus. Je suffoque. Je tressaille à la moindre sonnerie du téléphone. Ne rien savoir est pire que tout ce que ton cerveau délirant invente. J'en ai assez d'osciller entre l'espoir, le doute et le désespoir ; c'est pourquoi je profite que tu sois venue avec eux pour te supplier d'accepter ma participation. Nous ne dirons rien à Dupuis. Ce sera notre secret à nous quatre. Je me sentirais moins seule. Je serais enfin utile. En ce moment, j'ai le sentiment d'avancer dans un couloir si noir que je n'en discerne pas la fin. Elle me paraît inaccessible. J'en ai mal aux tripes. Je t'en supplie, au nom de notre amitié, sors-moi de cette baraque.

— Tu ne sais pas si bien dire. Nous sommes venus pour ça.

— Ah bon !

La stupéfaction effaça les traces de l'angoisse.

— Je me suis permis d'enrouler Cannelle dans une serviette éponge. Je l'ai subtilisée dans la pile sur l'étagère, annonça Alberto en s'asseyant sur le divan à côté de Grand. Elle est hyperdouce. Qu'est-ce que vous utilisez comme adoucissant ? demanda-t-il en frottant le pelage de la chienne qu'il avait calé entre ses cuisses.

— Heu…

— Avec Bernard, nous avons opté pour une marque dont le produit est fabriqué à base d'huile essentielle de lavande d'origine biologique. Nous nous le procurons au magasin situé dans la rue principale. Je vous le recommande. Les ingrédients sont naturels et le linge sent celui que nos grands-mères étendaient sur l'herbe l'été.

Alberto s'interrompit et pivota vers Grand en soulevant une patte de Cannelle.

— Tu aurais pu te contenter de lui laver seulement le bas des pattes et non le corps en entier, dit Grand.

— Ils sont retournés au parc étudier le terrain, précisa Morgane.

— Et ?

— Une vieille et son chien. Elle a confirmé que votre fils joue avec les autres enfants, dit Grand.

— Des enfants du quartier ? Tu ne les avais pas interrogés, Morgane ?

— Si. C'est la gamine dont je t'ai rapporté les propos avant qu'ils n'arrivent, avec la mère confirmant que Fatou discute souvent avec d'autres femmes pendant que sa propre fille surveille Lucas.

— Quand je pense à toutes ces mères qui ont des difficultés à enfanter, s'offusqua Alberto, c'est inadmissible que votre nounou agisse ainsi. Nous autres gays n'avons pas droit à la paternité alors que deux femmes peuvent procréer sans aucun moyen de contrôle. Je trouve que la société est injuste envers les homosexuels.

— Explique-toi, demanda Grand.

— Oh ! C'est très simple ! Nous nous sommes renseignés avec Bernard. Il y a des sites spécialisés dans ce genre de mise en relation qui contourne la législation.

— Tout ce qui est lié à la procréation assistée est régi par le CECOS, le Centre d'Étude et de Conservation des Ovules et du Sperme, précisa Morgane. La loi est très stricte. Le don doit être anonyme, volontaire et gratuit.

— Oh, là, là, jolie demoiselle Morgane, que de naïveté ! Je vous parle des faits qui se pratiquent en dehors des clous ! Avec Bernard, nous avons navigué sur la toile et avons relevé des dizaines et des dizaines d'annonces de mâles vendant leurs spermes. « Donneur naturel », ou « Childable », ou encore « Dondesperme » pour ne citer qu'eux. Un service offert sans compensation financière lorsqu'on lit les écrits de ces messieurs. Concernant les femmes, l'offre est rare car elles doivent accoucher ; et l'accouchement n'étant pas une partie de plaisir, il est difficile d'en trouver une qui accepte. Ces dames ne sont pas inscrites sur les sites pour porter l'enfant des autres, c'est pourquoi, avec Bernard, nous n'avons pas encore trouvé la volontaire qui comblera nos désirs.

— Je tombe des nues, murmura Morgane.

Grand, qui se taisait dans son coin, nota le changement de posture de Caroline depuis le début de cette étrange conversation. Elle avait pâli et gardé les bras repliés sur son ventre, baissant la tête, le dos rond dans le fauteuil en face de lui. Elle n'en menait pas large.

— Avec Bernard, nous renouvelons régulièrement notre annonce en précisant bien sans coparentalité car nous ne voulons pas que la mère porteuse exerce ses droits maternels et qu'elle est, de ce fait, la possibilité de nous enlever l'enfant plus tard. Oh ! Pardon ! Demoiselle Caroline ! Mes mots ne sont pas appropriés à votre contexte. Je peux vous appeler Caroline, n'est-ce pas ?

— Oui, vous pouvez, Alberto ; et, oui, j'ai moi aussi fréquenté ces sites, Morgane.

— Comment ça, tu as fréquenté ? Tu nous expliques.

— Guillaume a des problèmes de fertilité. Lorsque nous avons décidé d'avoir un enfant, nous avons pratiqué le sexe en copulateurs déterminés et, devant nos échecs répétés mois après mois, nous avons décidé d'en parler à mon gynécologue. Courbe de température, test ovulatoire, dosages hormonaux, les résultats étant satisfaisants me concernant ; le sperme de Guillaume a été testé après un bilan sanguin. Le diagnostic a été foudroyant et brutal à encaisser : oligospermie et asthénospermie. Il a aussitôt commencé un traitement de stéroïde androgène, du Proviron, avec en complément de la vitamine E. Il devait avaler trois comprimés par jour au début ; puis, ensuite, comme il supportait de moins en moins cette contrainte et les effets indésirables, le médecin a baissé la dose journalière à deux comprimés. À cette époque, j'ai appliqué le plan B, celui de la dernière chance et j'ai eu le raisonnement de Monsieur Alberto. Je me suis inscrite sur un site sur internet choisi en lisant les commentaires.

— Mais Lucas vous ressemble tant à tous les deux !

— Je sais, Morgane, il nous ressemble, et surtout à moi. En grandissant, sa physionomie changera peut-être.

— Qu'est-ce que tu insinues ?

— Qu'il n'est pas obligatoirement le fils de Guillaume. J'ai copulé avec les deux hommes les jours précédents la méthode dépositaire et les suivants aussi. Je voulais absolument être enceinte. Le désir d'enfant et le traitement de Guillaume perturbaient nos jours et nos nuits. Cela devenait insupportable à la maison. Nos rapports en souffraient et pas que sur le plan sexuel. J'ai répondu à une annonce. Lucas est né.

Morgane resta sans voix.

— Tu aurais pu acheter des paillettes avec ton mari chez CRYOS au Danemark, précisa Alberto qui étalait sa science sur le sujet devant Morgane et Dupuis. Ils vendent des ICI et des IUI, ajouta-t-il en caressant Cannelle.

— Une explication, réclama Grand.

— ICI correspond au sperme non lavé et non préparé pour une insémination intracervicale. Quant à l'autre, IUI, il correspond au sperme lavé et préparé pour une utilisation intra-utérine.

— Du sperme congelé, je suppose ? questionna Morgane.

— Transport en azote obligatoire.

— J'avais visionné leurs vidéos. Il fallait passer par un professionnel. L'entreprise n'assure plus la vente aux particuliers et je ne tenais pas à ce que Guillaume soit au courant, ni son père, à cause de ses origines Marocaines.

— Et comment as-tu procédé ? demanda Alberto qui ne cachait pas son intéressement.

— Réponse par e-mail sur le site, puis appel téléphonique et rendez-vous dans un hôtel avec deux chambres séparées. Masturbation du donneur dans un récipient genre pot à urine des laboratoires. Récupération du sperme à l'aide d'une seringue stérile. Il frappe à la porte de ta chambre, encaisse l'argent mis au préalable dans une enveloppe, et toi, tu te précipites dans l'autre chambre, tu enfonces la seringue dans le vagin jusqu'au col si tu y arrives et tu restes allongée le plus longtemps possible afin de garantir la réussite du procédé et, ensuite, tu rentres chez toi en priant le ciel que ton mari ne découvre pas ton sombre projet.

— Je crois que j'ai besoin de boire un café fort après tes révélations, réclama Morgane pour éloigner la confidente.

— Qui d'autre ?

— Non merci, répondirent Alberto et Grand en chœur.

Caroline quitta la pièce soulagée d'avoir avoué ce mensonge qui pesait sur sa poitrine depuis la naissance de Lucas. La proposition de Morgane sera un exutoire, se dit-elle en marchant. Ce remède ne contrera pas la douleur, j'en suis consciente ; il imprégnera chaque cellule de mon corps par les remontées des résultats ; il me permettra de ne pas renoncer à imposer mon savoir-faire policier ; il sera un moyen de contrer ce vide qui se creuse sous mes pieds. La proposition est un moyen d'y parvenir. Au diable si le capitaine Dupuis me houspille. Nous serons deux avec Morgane.

— Nous sommes face à un énorme problème, commença Morgane. Les soupçons se portent aussi sur le donneur. Nous n'avions pas besoin de cette complication.

— Pourquoi ?

— Parce qu'il aurait pu souhaiter en avoir un à lui, de môme, Alberto. Tu reconnais toi-même la difficulté à convaincre une femme malgré l'argent et la non-parentalité. Avec Caroline, il a un gosse déjà né dont il est le géniteur. Il en a peut-être assez de gaspiller sa semence aux quatre vents. Il a envie de se retirer du circuit lucratif.

— Sans test ADN, il n'a pas de certitude.

— Je suis d'accord avec toi, Gilbert. Il n'est pas pressé. Il attend les résultats du prélèvement qu'il a certainement expédié aux States. Si Lucas n'est pas de lui, il en kidnappera un autre et relâchera Lucas, ce qui explique qu'il n'y a pas de demande de rançon. Le fric n'est pas sa priorité. Il s'en fout. Il a sûrement les adresses des couples à qui il a fourni son sperme.

— C'est une des hypothèses. J'en ai une autre, Morgane. Le mari de Caroline a découvert la tromperie, il l'a racontée à ses parents, et nous avons un joli meurtre en finalité. Colère et vengeance, deux mobiles récurrents dans la criminalité.

— Exact, Gilbert.

— Quelle horreur !

— Chut, Alberto, elle revient.

— Qu'est-ce que vous complotez dans mon dos ?

— Nous pensions qu'il serait souhaitable de rencontrer ton donneur.

— Facile, Morgane. Je suis certaine que son pseudo existe encore sur le site. Attends, je vais chercher mon ordinateur portable. Il est dans la bibliothèque juste à côté. Je reviens dans une minute.

— Comment procéderons-nous ? s'inquiéta Alberto.

— Nous lui fixons un rendez-vous.

— Excellente idée, demoiselle Morgane ! Je serai donc le père !

— Calme ta joie, Alberto. Je postule en tant que cinquantenaire aux spermatozoïdes vieillissants.

— Sans vouloir froisser ton amour-propre, Gilbert, je donne raison à Alberto. Comment veux-tu qu'un homosexuel ait le courage de m'engraisser ? Le coït ? Tu l'imagines ?

— Morgane 1. Gilbert 0. Alberto vainqueur du round ! Cannelle sera un atout précieux.

Le détective et le lieutenant écarquillèrent les yeux de surprise.

— Elle me défendra si jamais l'homme m'agresse lorsque vous lui passerez les menottes à l'hôtel.

— Je n'ai jamais raconté que je l'arrêterai, Alberto. Nous le convaincrons de coopérer.

— C'est une sage résolution, ajouta Caroline en posant l'ordinateur sur la table basse. La force n'apporte que des emmerdes, dit-elle en tapotant sur le clavier.

— J'y suis. Je t'inscris avec quel pseudo, Morgane ?

— « Desirdenfant » !

— Ouais, pas mal, Alberto. Je remplis les cases du profil. Ah, zut, quel e-mail ?

— Attends que j'ouvre internet sur mon smartphone et que j'en crée un sur ma messagerie orange. Voilà. C'est presque fini. Tiens, c'est bon, note, et je l'inscris aussi sur mon carnet.

— Tu as eu la délicatesse d'écrire mon nom au lieu d'un numéro. Tu es vraiment une amie sincère, Morgane. OK. Ton inscription est terminée. Je clique sur les annonces. Je défile. C'est lui ! « Apollon21 ».

— Quel cliché ! Homme sportif, musclé, 1 mètre 80, yeux bleus, cheveux courts, sans barbe, endurance physique, travail en pleine nature. Un bûcheron !

— Je t'assure que la description lui correspond, Alberto.

— Et son métier ?

— Employé communal, Gilbert. Il est jardinier.

— C'est ce que je disais ! Un bûcheron ! Pas un intellectuel !

— Qu'importe, répondit Morgane en essayant de rattraper la bourde. Ce qui est important est le fait d'avoir une réponse à mon e-mail. Combien de temps estimes-tu, Caro ?

— Nous sommes dimanche. À mon avis, dans la soirée.

— Bon. Regardons l'adresse d'un hôtel puisque c'est nous qui l'imposerons.

— Si je puis me permettre, les réservations d'hôtel sont ma spécialité. Bernard se fie toujours à mon choix. Ne soyons pas radins. Une chambre avec standing. Un quatre-étoiles minimum, cinq serait mieux. J'insiste sur la propreté de l'établissement et notre demande n'en sera que plus crédible. Si vous saviez les bouges où j'ai dû parfois séjourner à l'étranger. À soulever le matelas pour chasser la vermine ; depuis, je suis méfiant. Je me souviens qu'une fois, en Afrique du Sud avec Bernard, nous avons dormi sous une hutte, enfin quand je dis dormir, je n'ai pas fermé l'œil de la nuit avec les bruits de la savane. J'ai eu la peur de ma vie alors que Bernard ronflait à côté de moi, tous deux protégés par la moustiquaire autour du lit à baldaquin. Il était étendu sur le drap les bras en croix et les jambes écartées à cause de la chaleur. Maintenant, je privilégie le confort et je détaille les lignes de la description de l'établissement. Tournez l'écran vers moi que je navigue sur Google.

Morgane, Grand et Caroline l'abandonnèrent à sa recherche. Ensemble, ils réfléchissaient à la manière d'annoncer l'initiative commune à Dupuis et braver la colère que celle-ci déclenchera.

34

Seuls, quelques-uns se posèrent avec délicatesse sur les aiguilles des épicéas, comme une caresse, comme un souffle à peine perceptible, sans recouvrir entièrement l'herbe. Ils n'étaient pas assez nombreux. Ils s'évanouissaient au contact du sol, imbibant la terre déjà gorgée d'eau par les pluies de la première quinzaine de décembre ajoutées à celles de novembre — des pluies fines et régulières qui avaient saturé les ornières, les crevasses ; qui avaient gonflé les ruisseaux ; qui avaient provoqué des engorgements le long des cours d'eau jusqu'à leurs enfouissements dans les profondeurs de la terre.

Puis, le ciel jugea que les conditions climatiques étaient favorables. La chute s'accéléra, la taille des flocons aussi. Les nuages déversèrent les petits amas blancs duveteux qui avaient la grosseur de petits pois cueillis au mois de juin. Ils entamèrent leur lente descente vers une prise solide. Ils chutèrent en virevoltant à la verticale vers le toit du chalet ; puis, un vent aussi puissant qu'une brise inclina leurs trajectoires.

La neige tomba en oblique. Dure. Compacte. Elle s'accumula sur les branches qui ployèrent peu à peu sous le poids, les plus basses rasaient le sol jusqu'à ne former qu'un seul bloc, d'un blanc immaculé et le vent, invincible, persistant, n'arrivait pas à désolidariser l'ensemble. La nature pressentit l'accumulation future d'une poudreuse.

Ce phénomène météorologique durait depuis le milieu de l'après-midi. Émilie Richier, debout, le nez collé à la vitre glacée de la fenêtre du salon, admirait le spectacle. Fascinée par le tableau qui se déroulait sous ses yeux, elle oubliait la fatigue causée par les branches qu'elle avait sciées tantôt. Ces dernières ornaient maintenant la cheminée, garnies par les coquelicots poussiéreux en tissu d'une teinte autrefois éclatante récupérés dans le vase de la chambre.

La visibilité baissa. Émilie Richier cligna des paupières. Elle songea à la pelle sous l'appentis construit par son père. Il faudrait aller la chercher avant que la nuit engloutisse le jour déclinant.

« Valentin ! »

L'enfant s'était endormi sur le canapé. Une sieste manquée.

Émilie Richier l'emporta, somnolant, vers la fenêtre qu'elle ouvrit brusquement. L'air glacial s'engouffra dans la pièce et réveilla Lucas. Elle le pencha au-dessus du vide. Elle souhaita qu'il touchât la neige, son premier Noël blanc. Il hurla de peur. Peur de l'inconnu. Peur du froid, dehors. Peur d'être enseveli si la dame le lâchait.

« Demain, Valentin, ce sera blanc autour de la maison. Je t'apprendrai à façonner un bonhomme de neige et à lancer des boules à Micha. »

Elle referma la fenêtre en s'extasiant. « Regarde la beauté de l'hiver ! N'est-ce pas merveilleux ! Je t'approche la chaise basse, et tu te tiens à elle pendant que je vais remplir le panier à bûches et ramener la pelle. »

Lucas s'accrocha au dossier comme à une planche de salut, obéissant à la recommandation, n'osant bouger. Il tendit la main vers la vitre. Elle était gelée. C'était réconfortant d'être au chaud. Il sécha ses larmes avec la manche du pull — celui acheté par sa mère que la dame lui avait enfilé au réveil ; le lainage avait conservé l'odeur maternelle.

La porte claqua. Un bruit métallique rompit l'atmosphère feutrée.

« Merde ! »

La dame avait crié. De nouveau la peur qui noue l'estomac. La pelle avait glissé des doigts engourdis. La dame la ramassa et la coinça entre deux cartons vides. Il la vit revenir souriante, le panier plein. Elle lui envoya un baiser avec sa main gauche. Il continua à la regarder puisqu'en agissant ainsi elle était contente.

L'enfant et la femme s'apprivoisaient dans la tourmente.

35

L'équipe de choc avait franchi le seuil du commissariat en montrant aux policiers de garde qu'elle formait un groupe déterminé, avançant de front vers le couloir menant aux différents bureaux. Vêtements sombres de Grand et de Caroline mêlés à ceux colorés de Morgane et d'Alberto. De quoi surprendre et étonner quiconque croisait ces personnes habillées de la sorte, enterrement ou fête, et ce fut aussi le cas de Dupuis lorsque Morgane entra avec ses coéquipiers dans son bureau.

Dupuis fronça les sourcils devant cette étrange apparition. Quelle surprise lui préparait son lieutenant préféré qui avait pété les plombs ? Avec une barbe de trois jours, des valises sous les yeux accentuant la fatigue et une chevelure peignée avec un râteau, le capitaine avait la tronche de l'insomniaque. Cette histoire d'enlèvement était en train de le détruire, lentement, mais sûrement ; comme il détruisait la mère, ce lieutenant qu'il ne connaissait pas vraiment avant cette affaire merdique qui le rendait fou. Il sentait poindre l'échec, et il l'avait en travers de la gorge. Ce « négatif du rien », un vautour se nourrissant du fiasco jour après jour sans jamais assouvir sa faim. Il déglutit avant d'allumer la cigarette qu'il s'apprêtait à fumer, cigarette censée atténuait sa nervosité. Le cendrier débordant de mégots attestait la consommation excessive du fumeur, l'odeur de tabac froid aussi. Il referma le Zippo chromé gravé à ses initiales offert à un de ses anniversaires par sa femme, tira une bouffée, toussa et recula son fauteuil en frappant le carrelage. Il se leva, remonta la manche droite, arrangea son bracelet en cuir coincé dans le tissu, tourna trois fois la bague en argent sur son annulaire, le tout en inhalant le poison pénétrant dans les voies respiratoires. Le tatouage sur l'avant-bras n'avait pas été dévoilé. Celui-ci évoquait un amour de jeunesse ; il représentait un caducée en souvenir d'Anne-Marie qu'il dissimulait par pudeur en présence de Grand ; un tatouage qu'il n'avait pas fait enlever puisqu'il ne présentait aucun danger pour le couple ; l'acceptation de l'épouse qui sait. Il s'efforça à réfléchir avant de parler. Morgane et la mère du gosse, il comprenait, mais son ami Gilbert et Alberto Giordano, il n'arrivait pas à faire le lien avec elles.

Le téléphone sonna. Une minute gagnée.

— Salut. Lechat arrive, Morgane. Il vient de quitter l'autoroute. Il a dépassé Feuges. Je vous accorde un quart d'heure pour m'expliquer ce que vous foutez ici ; surtout toi, Gilbert, en compagnie de Monsieur Giordano.

— Nous avons des éléments nouveaux à te communiquer.

— Et tu as donc décidé, Morgane, d'inclure, sans me prévenir, des « étrangers » à une enquête policière, râla Dupuis en mimant avec ses doigts les guillemets ce qui fit choir la cendre de la clope sur un dossier qu'il chassa d'un revers de main.

— Exact, et leur implication est importante. Tu comprendras dès que tu le sauras.

— Je suis toute ouïe, répondit Dupuis sur un ton ironique en écrasant son mégot sur les anciens.

— Dis-lui, Caroline.

Le lieutenant Sueur raconta comment le coït conjugal s'était transformé en une sordide relation dans un hôtel. Une inoculation en dehors de la légalité, un comble pour un policier, avec des règles d'hygiène laissant à désirer. De quoi frémir. Et Dupuis frémit. Pourquoi avoir passé sous silence une telle information ? La honte ? La vulgarité de l'acte ? Ce n'était pas le moment de la condamnation, il viendrait en son temps. Lechat pénétra dans la pièce à la fin du récit. Les quelques phrases captées le clouèrent sur place. Il afficha la même tête que Dupuis une demi-heure auparavant.

— Merde alors !

— Je n'aurais pas su si bien dire, brigadier. À votre tour de nous relater votre escapade. Au point où j'en suis, je ne m'étonnerai pas d'un fait inhabituel.

— Je ne vais pas vous faire un discours prolixe au risque de vous décevoir. Notre plombier Sueur était sur le chantier, conformément à ce qu'il nous a raconté.

— Quoi ! Vous avez enquêté sur mon père !

— Et voilà pourquoi je vous avais écarté, lieutenant. Pour nous éviter ce genre de remarque. Continuez, Lechat.

— Je reprends. J'ai attendu que les proprios soient de retour, je les ai croisés sur le chemin, ils allaient au « tabac-presse » du village et allaient revenir tout de suite, dix minutes chrono. Ils ont noté l'évolution des travaux. Selon eux, le plombier a bossé comme un dingue. La douche italienne est terminée ; les joints n'étaient pas encore tout à fait secs. La robinetterie des deux vasques et de la baignoire est fonctionnelle. Les saignées avaient été rebouchées.

— Cela ne prouve rien.

— Qu'est-ce qu'il vous faut de plus !

— Taisez-vous, lieutenant, si vous voulez disculper votre père. Terminez, Lechat.

— Je suis d'accord avec vous, capitaine. La preuve n'était pas évidente, alors j'ai rejoint l'homme dans les soixante ou soixante-dix ans qui était dans les vignes. Avec son sécateur, il taillait. Enfin, quand je dis tailler, j'avais plutôt l'impression qu'il surveillait la baraque et moi avec. Et c'est ce qu'il fait. Le vieux à la retraite zieute les venues de Sueur. La piaule, il l'a donnée en cadeau de mariage à son fils. C'était un cabanon qui servait autrefois pendant les vendanges, une bicoque d'environ quarante mètres carrés au sol que le fils a fait agrandir par un tâcheron. Il a hâte de rentabiliser son agrandissement en y habitant et en louant les chambres d'hôte. Il en a marre de payer un loyer. En bref, les vignes, c'est le fils qui s'en occupe et son épouse gère le côté administratif et relationnel. Le père veille à ce que tout soit nickel après le départ du plombier. Pas d'entourloupe avec moi, j'ai l'œil, m'a-t-il dit avec un air sérieux. Il m'a fièrement montré les clés.

— Qu'est-ce qu'il foutait dans les vignes si son fils et sa belle-fille étaient présents ?

— Il a prétexté un cep à retravailler. En réalité, quand je suis arrivé à son niveau, il bourrait sa pipe et le sécateur était bloqué entre deux branches. Les enfants ne sont pas dupes, c'est pourquoi ils m'ont conseillé d'aller lui causer. C'est sûr que pour observer, il observe. Un vrai fouille-merde.

— Satisfait !

— Il fallait vérifier, lieutenant, comme je l'ai fait pour votre beau-père. Une objection ? Non ? C'est clair ? J'ai eu confirmation par l'écrivain de Monsieur Bremond père qui était avec lui dans la librairie. Hors de cause, donc.

— Et je suppose que vous téléphonerez aussi aux institutrices pour ma mère.

— Affirmatif, et à l'académie pour votre ex-mari. C'est prévu demain matin. D'ici là, j'espère que le ratissage de l'équipe du capitaine Gilet aura été positif. De votre côté : rançon, lettre anonyme, appel téléphonique ?

— Rien.

Ce maudit « négatif du rien » qui empoisonnait l'existence de Dupuis.

— Est-ce que je peux en placer une, maintenant ?

— Tu peux, Morgane. Nous t'écoutons.

— Voilà le plan. Nous avons eu l'idée de tendre un piège au donneur de sperme en partant de l'hypothèse qu'il était, lui aussi, un suspect au motif valable.

— Sur quel critère bases-tu ton mobile ?

Dupuis avait retrouvé sa Morgane au caractère méthodique. En fin limier, elle suivait une piste et irait jusqu'au bout, du bout, du bout — une qualité qu'il admirait —, pressant son investigation jusqu'à la dernière goutte. Il constata que son obstination avait apaisé la mère. Elle leur serait utile en tant qu'informative sans l'inclure totalement dans leurs recherches et en gardant les distances qu'imposerait son implication. Il ne fallait pas oublier que c'était son fils qu'on s'efforçait de retrouver sur le territoire national.

— Avoir un enfant sorti des couches et des nuits blanches. Un môme avec 50 % de ses gênes et en choisissant une génitrice pas trop conne dans la liste qu'il possède, une célibataire si possible. Ne pas affronter les maris, tel serait une des motivations du tri opéré. Caroline présentait toutes les caractéristiques du choix.

— Ton raisonnement tient la route sauf que cette idée a aussi pu germer dans la tronche d'un couple qui aurait souhaité avoir deux gosses sans repasser par la procédure humiliante, excusez l'expression lieutenant. Un demi-frère ou une demi-sœur assez ressemblant.

Caroline hocha la tête. Elle avait manipulé Guillaume à son insu et la culpabilité pesait sur elle.

— Et tu comptais procéder comment, Morgane ?

— Je m'inclus dans le soi-disant couple demandeur.

— C'est-à-dire ?

Morgane cracha le morceau.

— N'est-ce pas une excellente idée, capitaine ! C'est moi qui ai trouvé l'endroit idéal. Bernard n'a pas tergiversé une seule seconde quant au paiement des frais engagés. Nulle radinerie dans ce traquenard, l'affaire est beaucoup trop importante. Pourriez-vous me faire une place sur votre bureau, capitaine, que je pose Cannelle, et branchez-vous sur le Web que je vous montre l'hôtel. J'ai déjà réservé deux chambres pour demain. Je prolongerai la réservation jusqu'à ce que le donneur nous réponde.

— Parce qu'il n'a pas répondu ! Mais vous avez eu cette idée à quel moment ?

— À dire vrai, il y a moins de deux heures.

— Bon sang ! Morgane !

— Jacques, nous avons pratiqué aussi vite que possible.

— Et nous ne mettons pas la charrue avant les bœufs !

— C'est exact, Alberto.

— Je remarque que tu es avec eux, Gilbert. C'est une coalition.

— J'ai suggéré la réservation. Avoir un coup d'avance sur l'ennemi.

— Bien vu, Gilbert. La fraternité d'un quatuor, soupira Dupuis, vaincu.

— Morgane, Caroline, Gilbert et Alberto ! Les inséparables ! J'œuvre pour ces dames. Je suis le mari dans l'impossibilité de copuler avec la jolie demoiselle Morgane. Nous ne cacherons pas mon homosexualité. Figurez-vous, capitaine, que Gilbert s'était porté volontaire. C'était impensable, et…

Dupuis ne l'écoutait plus. Au moins, il ne risque pas d'être tabassé comme la dernière fois, pensa-t-il en attrapant son paquet de cigarette. Il éprouva un besoin urgent de nicotine. À cause de cette affaire, il fumait comme une cheminée et ce n'était pas encore demain que « l'ange-pompier » éteindrait l'incendie qui brûlait ses alvéoles pulmonaires.

36

— Vous faites une grossière erreur ! C'est lamentable !

Offusqué, qu'il était, le professeur de musique dans son beau costume griffé Yves Saint Laurent — la veste bâillait laissant entrevoir l'étiquette. Guillaume Bremond semblait ne pas comprendre ce que lui serinait le capitaine de la brigade criminelle. Par complaisance, il avait répondu à la convocation de la veille par téléphone. Son sixième sens lui avait soufflé d'y renoncer. Il aurait dû s'y fier et s'en mordait les doigts qu'il secouait énergiquement d'ailleurs. Il s'éventait avec le duplicata d'une facturette que Dupuis avait sortie du dossier fuchsia posé sur l'imprimante.

— Qu'est-ce que ceci signifie ? Pourquoi vous n'êtes pas sur le terrain à pourchasser le kidnappeur ?

Le ratissage commençait à fournir des renseignements utiles. Enfin, une faible lueur dans le tunnel.

— Cela signifie que vous nous avez menti vendredi soir. Vous n'étiez pas chez vous. Vous étiez en train d'acheter une bouteille de vin à la somme conséquente. Je l'estime, à la vue du montant sur ce ticket de CB, à un Grand Cru millésimé. Votre alibi tombe à l'eau. Il n'était déjà pas terrible, maintenant il est mort. Et concernant le kidnappeur, mes collègues sont sur le terrain. Ils œuvrent durement. Qu'avez-vous à répondre, Monsieur Bremond ?

Objecter serait une grave erreur, pensa Guillaume Bremond. Je deviendrai le suspect idéal. Nier le fait ? Inenvisageable. J'ai la preuve en main. Dire la vérité ? C'est compromettre ma relation extraconjugale. L'avocat de Caroline va s'engouffrer dans cette brèche et tout le baratin notifié en bonne et due forme dans la requête en divorce s'annulera. Je dois sauver ma peau. Ce capitaine est un policier coriace qui ne lâche pas sa proie. Je l'ai deviné à son regard quand il m'a tendu ce foutu papier. Il jubilait à l'idée de me piéger. Et merde ! Foutu pour foutu, autant y aller franco et déballer l'épisode en minimisant l'histoire. Je vais relativiser la liaison et délier le nœud du paquet cadeau en douceur. Ensuite, il se penchera sur Lucas avec entrain.

Guillaume Bremond posa la facturette sur la table et entama la confession.

— J'avoue que je n'étais effectivement pas chez moi. J'ai acquis cette bouteille, car j'avais un rendez-vous galant avec une femme mariée dont je tairai le nom par égard envers elle. Sa réputation en pâtirait.

— Si elle est l'unique alibi, il nous le faut.

— La presse va s'en emparer dès qu'elle saura. Cette femme sera traînée dans la boue à cause de moi et rompra aussitôt tout contact. Je n'y tiens pas.

— Nous communiquons les grandes lignes, pas les détails. Sauf si tu as quelque chose de précis à te reprocher, pensa Dupuis.

— Elle se nomme Élisabeth Villain.

— Ah ! Quand même ! La femme du préfet de la Marne !

— On a la maîtresse qu'on veut. Nous nous fréquentons peu. Quand l'occasion se présente, nous ne déclinons pas l'opportunité. Vendredi était un jour avec une possibilité, une ouverture. J'ai reçu son SMS chez moi. J'ai foncé acheter ce vin et je me suis rendu directement à l'hôtel comme à chacun de nos rendez-vous.

— Un rituel.

La lueur faiblissait dans le tunnel.

— C'est tout à fait vrai, ce qui explique mon retard au commissariat vendredi.

— Ne pas froisser la dame en partant comme un goujat.

— À ma défense, avec la naissance de Lucas et le boulot accaparant Caroline, notre sexualité battait de l'aile. Je suis un homme en pleine maturité sexuelle. À quarante-deux ans, j'ai des besoins à assouvir.

— Avec une femme plus âgée que vous. Est-ce la seule ?

— Vous me prenez pour un coureur de jupons, ma parole. Je ne fréquente pas les putains, si c'est ce que vous insinuez, ni les jeunes filles sans expérience.

— Je ne fais que constater, Monsieur Bremond, votre version étant nouvelle. Y aurait-il une autre déclaration ?

— Non.

— J'inscris dans le procès-verbal que Madame Élisabeth Villain est votre maîtresse, une femme de dix ans votre aînée que vous fréquentez régulièrement, annonça Dupuis en tapant sur les touches du clavier de l'ordinateur.

— La femme ménopausée explose de sensualité.

— Elle ne risque pas d'être enceinte.

— C'est exact. Je vois que vous me comprenez.

Ce salopard jouait les pères éplorés lors de son premier interrogatoire, pensa Dupuis. Il nous a bernés, et il se vante de sa conquête sans complexe. Éprouve-t-il seulement du chagrin ?

— Ce que je comprends, Monsieur Bremond, c'est que vous vous envoyez en l'air avec une « chaudasse » pendant que la mère de votre fils concilie vie professionnelle et vie familiale.

— L'essence du divorce.

— D'autant plus que vous ne risquez pas d'en avoir un autre, de môme.

— Avec Caroline, certainement pas. Avec une autre…

— Avec une autre non plus.

— Qu'entendez-vous par cette phrase ?

— Nous connaissons vos difficultés à procréer.

— La salope ! C'est de l'intime ! Elle n'avait pas le droit !

— Combien de temps a duré votre traitement, Monsieur Bremond ?

— Quelle merde, ces cachets ! J'en ai absorbé pendant au moins six mois, deux à trois comprimés par jour. À force, j'en avais la nausée rien qu'à les sortir du blister. Heureusement, Caroline a été enceinte et j'ai pu arrêter le traitement. J'étais soulagé. Fini le cauchemar du laboratoire. Se masturber en tenant une photo dans la main et l'éprouvette de l'autre, je ne me vanterai pas de cet exploit.

— Lucas est-il né in vitro ?

— Pas du tout ! Elle divague ! Nous l'avons conçu de façon naturelle, comme tout le monde sur cette terre, à la missionnaire.

— Passons sur les détails. Je vous garde avec nous ce matin, Monsieur Bremond.

— Quoi ! Vous m'inculpez !

— Avec les salades que vous nous balancez, je vous signale votre garde à vue ce lundi 9 heures 12, le temps que votre alibi soit confirmé. Si la dame de vos prouesses est joignable, vous serez sorti d'ici midi. Si vous souhaitez être assisté par un avocat pour la suite, vous pouvez. Un médecin passera dans la matinée, c'est la procédure. Ah, j'allais oublier, nous allons pratiquer un test ADN sur votre personne.

— Pourquoi ? C'est ridicule !

— Votre fils, Monsieur Bremond. C'est curieux comme vous avez l'air d'omettre sa disparition depuis que vos parents sont dans la ville. Lucas est notre priorité et vous vous en souciez si peu.

— Je ne suis pas expansif. J'intériorise.

— Ouvrez la bouche, s'il vous plaît.

Paroi buccale. Prélèvement. Le bâtonnet cotonneux dans le tube en verre. Expédition au laboratoire.

Urgentissime.

Avec les cheveux recueillis sur la brosse du gosse, nous découvrirons le mystère de la paternité, pensa Dupuis. Si vous n'êtes pas le père de cet enfant, Monsieur Guillaume Bremond, je serai inflexible.

Avant que la lueur ne s'éteigne.

37

Deux coups brefs sur la porte qui s'ouvre. Morgane.

— Tu étais là, toi ?

— Depuis vingt minutes. Je venais au rapport. L'ex de Caroline. Et répondre en ta présence au donneur. J'ai reçu sa réponse par e-mail avant de venir, et j'ai préféré agir avec toi en tant que coéquipière et non en traître.

— Tu n'opères plus dans mon dos. Des remords ?

— Ne pas réitérer l'action d'hier.

— Je préfère. Ça donne quoi ?

— Tu vas le découvrir de suite. Je prends une chaise et je m'installe.

Lecture rapide du message.

— C'est parti. Le jeu commence. Je lui signale que je suis pressée. J'ai mal calculé les dates de mon ovulation — la cruche qui ne sait pas prendre sa température le matin avant de se lever —, et je lui précise qu'ayant été enrhumée, les résultats ont été faussés. Je n'ai pas prêté attention en début de mois, et patatras, la boulette. J'ai menti à mon mari. Il nous faudrait conclure rapidement, aujourd'hui serait idéal. Allez, hop ! C'est envoyé ! Je vais me prendre un café au distributeur. Tu en veux un ?

— Tu ne bois pas celui de la cafetière ?

— J'ai besoin d'un petit noir revitalisant. Celui qui est dans la cuisine n'est pas assez fort. Celui du distributeur en grains est meilleur. Tu es sûr de ne pas vouloir que je t'en rapporte un ? Avec la figure que tu as, cela t'aiderait à avoir les idées claires, à toi aussi. Nous sommes tous crevés.

— Proposé si gentiment, j'accepte l'énergisant.

Dupuis avait réellement retrouvé son lieutenant et ce désir protecteur qui émanait d'elle. C'était rassurant. Il formait à nouveau le duo tant redouté dont on racontait les prouesses dans les sous-sols, les caves et les squats, à l'image de la tradition orale des contes au coin du feu, sauf que dans ces récits-là, la fin se terminait souvent en prison.

Morgane revint avec les gobelets.

— Alors ?

— Rien. Ce « négatif du rien » qui collait à ses basques comme un arapède à son rocher.

— En attendant, raconte-moi ce matin.

— L'ex de ton amie est une belle ordure. Pendant qu'elle se démenait contre vents et marées pour mener sa barque, il l'a cocufiée sans retenue. C'était la fête du slip après la naissance de Lucas. Et ce vendredi n'a pas dérogé aux habitudes.

— Incroyable ! Elle ne m'en a jamais parlé.

— Elle ne devait pas savoir ou ne voulait pas savoir. La maternité vous change parfois une femme. L'amante s'efface devant la mère.

— Heu… pas forcément.

— Je t'exclus du lot. Et, pour en terminer avec ce chapitre, j'ai le nom de la maîtresse. Je doute qu'elle soit la seule malgré les protestations qu'il a formulées.

— C'est qui ?

— L'épouse du préfet de la Marne.

— Il vise le gratin. Tu crois qu'il comptait sur les relations de l'époux pour accélérer sa demande de mutation ?

— Possible. Avec un salopard pareil, j'envisage n'importe quelle éventualité. La fin justifie les moyens.

— Quel salaud ! Elle a confirmé l'alibi ?

— Lechat est parti à son domicile. Elle crèche dans la banlieue de Châlons. J'ai préféré ménager la susceptibilité de l'intéressé. Lechat nous confirmera avant de rentrer, car l'individu est dans nos murs.

— Non !

— Si ! Je n'allais pas le perdre dans la nature. Ah ! Une réponse ! Tu cliques ou je le fais ?

E-mail de « Apollon21 » : d'accord entre 12 heures 30 et 14 heures, si aux environs de Troyes.

E-mail de « Desirdenfant » : parfait. Quel prix ?

E-mail de « Apollon 21 » : 500 d'habitude, mise doublée cause urgence. Mille euros cash.

— Gonflé, le gars, siffla Dupuis.

E-mail de « Desirdenfant » : vous les aurez. Tests sanguins récents ?

E-mail de « Apollon21 » : moins de trois mois. Je ne paie pas la chambre.

E-mail de « Desirdenfant » : OK. Je m'en charge. Contact après. Votre nom ?

— Bien joué, Morgane.

E-mail de « Apollon21 » : OK. Piellu Justin.

— Nous avons une vingtaine de minutes à patienter pour donner le change. Tu téléphones à Lechat, Jacques ?

— Les voitures de fonction ne sont pas des bolides. Lechat a quitté le commissariat vers neuf heures, il est dix heures quinze. Il doit être à peine arrivé. Laisse-lui le temps.

— C'est long. Dès que je suis inoccupée, je songe à Lucas.

— Et la mère ?

— Avec Alberto.

— Au moins, il la divertit.

— C'est le but. Ton copain le détective prendra le relais lorsque nous serons à l'hôtel.

— Il ne faut pas qu'elle reste seule chez elle. Guetter le facteur ou guetter la sonnerie du téléphone sont des conjonctures anxiogènes qui vous font perdre les pédales. Comment va-t-elle ?

— Elle survit avec des hauts et des bas. Elle se rassure en pensant que ce rapt est un plan tordu imaginé par son ex-belle-mère qui n'a pas d'alibi dans le but de lui voler son fils.

— À moins qu'elle l'ait tué. Nous avons pléthores de mobiles avec elle.

— Et une quantité de pistes à exploiter.

— Nous sommes dans la merde jusqu'au cou avec cette enquête, Morgane. Les collègues sont à cran. À chaque fois qu'une voie s'ouvre, elle se ferme aussitôt.

Sonnerie du téléphone portable du capitaine.

— Morgane est avec moi, Lechat. Je vous balance sur le haut-parleur.

— La femme était emmerdée par notre demande. Elle confirme la soirée avec le prof de musique. Il n'a pas été facile d'obtenir sa déposition. Nous avons pratiqué chez les collègues discrètement à cause du mari et des journalistes. Je reviens avec le papelard.

— Parfait, Lechat.

— Je rentre.

— Changement de programme. Vous irez directement au parc à quinze heures. Le détective Grand vous secondera. Vous besognerez à deux. Vous questionnerez les copines de la nounou Fatou Edou et les gosses.

— No problème, j'y serai.

— Débriefing à dix-huit heures.

— J'apporte la déposition auparavant ?

— Affirmatif. Déposez-la à l'accueil.

— D'accord.

— Le paysage s'éclaircit, Jacques. J'envoie l'adresse au donneur.

— Et moi je confirme le rendez-vous à Gilbert.

E-mail de « Desirdenfant » : chambres réservées et payées, une pour vous et une pour moi. Besoin de lire résultats de laboratoire. Envoyer en PDF.

E-mail de « Apollon21 » : impossible. Suis au travail. Vous les lirez dans la chambre avant le paiement.

E-mail de « Desirdenfant » : c'est réglo. Je serai à l'hôtel à partir du Check in.

E-mail de « Apollon21 » : à tout à l'heure.

— Et voilà une affaire rondement menée ! J'appelle Alberto.

— Quant à moi je fonce chez ton mari pour le ratissage de nos autres suspects.

Alberto avait soigné son look et celui de sa chienne.

Lui : jean vert clair, chemise en coton blanche, pull en V vert bouteille, écharpe en laine blanche jetée sur l'épaule gauche, boots en cuir beige, caban de couleur caramel.

Elle : manteau en fausse fourrure blanche avec un nœud au milieu du dos, collier en cuir orné de strass avec la laisse assortie, l'indispensable sac de transport fabriqué à partir d'un tissu rose molletonné bordé d'une fausse fourrure blanc cassé.

Alberto marchait fièrement aux côtés de Morgane qui, elle, portait son habituel blouson en cuir rouge, ses tennis de la même teinte, un jean délavé, un pull bleu foncé et une valisette en cuir marine. En résumé, un couple banal. À douze heures tapantes, ils se présentèrent à l'hôtel et récupérèrent leur clé.

Coup d'œil circulaire.

D'après la description que leur avait fournie Caroline, le jardinier devait les attendre dans le hall. Il n'était pas au rendez-vous.

Ne pas attirer l'attention de l'hôtesse à l'accueil.

Alberto se dirigea vers le présentoir des dépliants touristiques, en prit un au hasard et s'adressa à Morgane sur un ton enjoué.

— Ma chérie ! Si nous assistions à cette représentation ! clama-t-il en lui montrant sa trouvaille.

Morgane fronça les sourcils en souriant. À se donner en spectacle, l'opération risquait d'être compromise. Elle n'eut pas le temps de le réprimander, Justin Piellu venait d'entrer. Assez grand, le crâne rasé et la peau hâlée par une vie professionnelle opérant à l'extérieur, elle devina la musculature de l'homme sous la veste jaune rayée de bandes orange. Ses chaussures de sécurité étaient crottées, preuve qu'il arrivait directement du chantier. Elle attrapa Alberto par le bras avant qu'il n'émette un jugement en apercevant la propreté douteuse du jardinier, et l'emmena vers l'ascenseur dans lequel Justin Piellu s'était déjà engouffré.

— Monsieur Piellu ?

— En chair et en os. Votre humble serviteur. Je comprends mieux votre demande, dit-il d'une voix ironique en déshabillant Alberto du regard.

Le visage dans le miroir refléta le mécontentement. Morgane pinça un Alberto outragé avec l'espoir qu'il se taise.

— Quel numéro avez-vous ?

— 210, et vous Monsieur Piellu ?

— 212.

— Nous sommes dans des chambres contiguës. La transaction sera facilitée.

Ouverture de la porte métallique.

Introduction de la carte magnétique dans la 210.

— Vos analyses, Monsieur Piellu.

Tandis que Morgane lisait, Alberto inspecta les lieux. Il souleva le couvre-lit en coton Bordeaux, contrôla la propreté des draps, renifla les oreillers et finit par libérer Cannelle en l'installant confortablement sur le lit devant un Piellu ahuri. L'inspection continua en passant l'index sur les meubles en mélaminé blanc et les luminaires. La poussière étant inexistante, il se débarrassa du sac de transport en le posant sur la table de chevet, puis partit examiner la salle de bains aux tons verts d'eau.

— Mon mari est très méticuleux, justifia Morgane en insistant sur le mot « très ».

— Chérie ! s'extasia Alberto. La baignoire d'angle est ma-gni-fi-que ! Et les serviettes éponge sont d'une douceur inégalée ! Je suis très satisfait ! La vasque est un peu petite à mon goût, mais la baignoire compense le reste. Je suis en-chan-té ! Un vrai nid d'amour ! Ne trouvez-vous pas, Monsieur Piellu ? dit-il en revenant dans la chambre.

— Sans doute.

— Vous aurez plaisir à utiliser les flacons mis à votre disposition sur la tablette. Que de la marque !

— Ouais. Une douche et je repars au boulot. Je reprends à 14 heures.

— Élimination des germes. Propreté. Hygiène corporelle.

— Ne vous inquiétez pas, j'ai l'habitude, dit-il en dégainant un flacon stérile au bouchon en plastique rouge et une seringue avec des doigts ayant de la terre sous les ongles coupés ras.

— Oh !

Réaction légitimée.

— Une branlette et c'est fini. Il n'y a pas de quoi fouetter un chat. La lecture est terminée ? C'est que je n'ai pas que ça à faire.

— Tu n'as pas négligé un paragraphe, ma chérie ? Tu as lu en entier la feuille ?

— Les examens sont récents, soit rassuré, Alberto.

— Question de confiance. L'argent ?

Morgane souleva la valisette se trouvant par terre à ses pieds, l'ouvrit sur le lit en poussant la chienne qui grogna pour la forme, en sortit une enveloppe et la tendit à Piellu. Ce dernier compta les billets neufs numérotés de cinquante euros qui craquèrent dans sa main.

— Bon, j'y vais. Lorsque j'aurais terminé, je donnerai trois coups sur la porte. Ce sera le signal. Il ne faudra pas traîner. Le flacon sera posé sur la chaise près du radiateur dans de la ouate ; c'est pour la chaleur. Je ne sais pas si ça marche vraiment. C'est un plus que j'offre à la clientèle. Il vaut mieux que Monsieur vous aide pour l'injection. Je le conseille à chaque fois. De cette manière, le futur père participe, il est acteur de l'acte, et vous, Madame, écartez bien les cuisses. Monsieur poussera le piston seulement lorsqu'il touchera le col, ça facilite la progression des spermatozoïdes en espérant qu'il soit ouvert sinon je ne réponds pas de la réussite du déplacement dans l'utérus jusqu'aux trompes. Si c'est un échec, on recommencera le mois prochain. Cela ne vous coûtera que 500 euros. Vous avez compris la manœuvre ?

— C'est enregistré.

— Dans ce cas, j'y vais.

Justin Piellu sortit. Morgane et Alberto entendirent l'autre porte claquée.

— Je perçois aucun son en provenance de sa salle de bains. Il ne se lave pas !

— On s'en fout, Alberto, c'est son sperme qui nous intéresse. Identification de son code génétique et comparaison avec celui de Lucas.

— Et les germes ?

— Arrête avec ta phobie des microbes. Ils n'interféreront pas dans l'établissement du caryotype, je te le garantis.

— Si ce bûcheron a blessé le fils de Caroline, je l'étripe !

— Un ton plus bas, Alberto. Les cloisons sont minces. Assieds-toi sur le lit avec moi et Cannelle. Tu me donnes le tournis à t'agiter ainsi.

Dix-huit minutes de silence.

Trois coups secs.

Morgane bondit, sortit en trombe dans le couloir et posa la main sur l'épaule du donneur.

— C'est sur la chaise. Dépêchez-vous.

— C'est plutôt vous qui allez vous dépêcher de nous restituer l'enveloppe, dit-elle en brandissant sa carte de police, et nous suivre au commissariat.

— Et merde ! C'est quoi cette embrouille ! Je bosse cette après-midi.

— Le commissaire vous excusera auprès de votre patron. Employé communal. Nous nous sommes renseignés à votre sujet.

— Qu'est-ce que vous me voulez ?

— Tu le sauras au commissariat. Alberto, tu as la semence ?

— Le flacon et la seringue, et j'avais mis les gants en latex que tu m'avais procurés, dit-il en les faisant claquer comme dans les films. Tout est dans le contenant hermétique du légiste dans la valisette. Je récupère Cannelle.

— Un légiste ? questionna Piellu apeuré.

— Le système démerde de la police française.

— Je la porte ou c'est toi ?

— Cannelle ?

— Non, la valisette.

— Garde-la. Je surveille notre fournisseur. Tu conduiras la Citroën pendant que j'indiquerai à Monsieur Piellu comment se rendre au commissariat.

Alberto bomba le torse dans l'ascenseur. Bernard sera fier de ce que j'ai accompli avec la jolie demoiselle Morgane, pensa-t-il. Quelle équipe !

Allô Bernard, c'est moi, dit-il. Je ne rentre pas de suite. J'accompagne le lieutenant au QG. Oh, là, là ! Il faut absolument que je te raconte ! Figure-toi que l'homme que nous avons appréhendé est d'un vulgaire ! J'en suis tout retourné quand je songe à Caroline et à son fils. Un rustre ! Lorsque nous sommes arrivés, il n'était pas dans le hall, alors…

39

Encadré par Alberto et Morgane, Justin Piellu avait la tronche du condamné quand il réalisa que sa situation se compliquait à une vitesse exponentielle en présence de Dupuis dans le bureau numéro 2. Persuadé d'accomplir la B A de la semaine en ayant accepté l'urgence du rendez-vous dans ce somptueux hôtel troyen si on gommait de son esprit la transaction financière — mille euros pour une branlette de quinze minutes, le tarif horaire valait celui des patrons du CAC 40 —, il déclina l'invitation à s'asseoir. Debout garantissait l'égalité des forces entre lui et la police. Être assis, c'était endosser l'habit du coupable sans la présomption d'innocence.

Poings fermés dans les poches de son pantalon de travail, en attestait la boue qui avait séché par endroits, l'homme serrait les mâchoires, défiant l'autorité par sa posture.

Dupuis cerna le personnage en une fraction de seconde et attaqua l'interrogatoire en énonçant d'une voix calme les griefs à son encontre et le rôle de CECOS.

Piellu était imperturbable. Un matador dans l'arène.

— Je finirai par être en retard au boulot si vous me retenez trop longtemps. Les gars comptent sur ma présence. Avant

Noël, l'équipe est constamment à la bourre. On a beau se dépêcher, il y a…

— Votre chef est au courant à votre sujet. Je l'ai informé dès votre interpellation par le lieutenant Duharec que vous serez dans nos murs jusqu'à ce soir. Vous êtes excusé auprès de votre supérieur. En revanche — le couperet tomba, net, précis, sans bavure, guillotinant Piellu —, aucune excuse pour votre trafic. Il dure depuis combien de temps ?

Une pause ; un silence ; dans le bureau le vol d'une mouche.

Dupuis, les bras croisés sur la poitrine, stoïque, avait bluffé. Il ne savait même pas si le délit existait dans le code pénal.

Morgane, en appui sur l'imprimante, était attentive aux réactions.

Alberto caressait Cannelle, intrigué, ne sachant comment se comporter.

Piellu, relevant le menton, les mains au fond des poches, avait un regard torve.

L'homme est un taiseux, diagnostiqua Morgane. Abordons la question sous un autre angle d'approche. Du tact, pas comme Dupuis qui bouscule et secoue les gens comme un prunier dans le but de ramasser les fruits tombés de l'arbre. Je vais gauler à ma manière.

— Monsieur Piellu, en contournant la loi, et vous n'êtes pas le seul d'après ce que j'ai remarqué sur le site, je suis persuadée que vous n'aviez pas l'intention de causer un délit.

— Ouais. C'est ça. Vous me comprenez.

— Vous pensiez au bonheur des futurs parents.

— Ouais. C'est ça.

— À soulager la souffrance de ces personnes face à l'incompréhension du système et la lenteur administrative.

— Ben, ouais. On est sur la même longueur d'onde tous les deux.

— Et je suis certaine que de nombreux couples vous remercient de votre courageuse initiative.

Dupuis aurait préféré être sourd que d'entendre le discours de Morgane.

Alberto visualisa le scénario, manqua se casser la gueule avec sa chienne sous le bras et s'agrippa de justesse au dossier d'une des chaises. Remis de ses émotions, il tendit l'oreille, présageant que la conséquence de cette approche verbale aurait un dénouement inattendu.

— Des bébés sont nés grâce à votre don.

— Ouais, grâce à moi, répondit-il en sortant enfin les mains de ses poches.

L'agressivité de Piellu diminuait peu à peu. Morgane continua à le pommader généreusement.

— Il serait normal que ces heureux parents aient cherché à vous revoir. Vous êtes leur bienfaiteur.

— Seulement deux sur la quantité que j'ai dépannée.

J'hallucine, pensa Dupuis. Il s'identifie à un prestataire de services. Chapeau bas, Morgane. Il va s'épancher.

— Les enfants vous ressemblaient.

— Pas vraiment. Ils ont, aussi les gênes de la mère, et rien ne prouve que le gosse est de moi. J'ai eu des cas où les « spermatos » du mec étant fainéants, les miens avec, ça a réussi, sauf qu'il y a une incertitude.

— Tous ces enfants, c'est un peu de vous que vous avez semé dans la région, les problèmes de consanguinité avec. Vous n'y avez pas songé. Je me trompe ?

— Je ne vois pas de quoi vous voulez parler.

— De ces adolescents qui seraient amoureux fous l'un de l'autre sans imaginer un seul instant qu'ils sont demi-frère et demi-sœur, de ces adultes ignorants qui se marieraient au même titre que des cousins germains qui ont pour descendance des enfants aux malformations chromosomiques genre trisomie 21. Est-ce assez clair comme explication ? Est-ce assez limpide ?

— Hé ! Ne me mettez pas ça sur le dos ! Il n'y en a pas eu tant que ça des mômes !

— Ah, oui. Combien ?

Pause.

L'effort à contenir la colère transparut sur le visage de Piellu. La rougeur des pommettes trahissait l'effort à retenir l'explosion. Il déglutit, ravalant les phrases non-dits.

— Six.

— Dont deux que vous connaissez.

— Ouais, c'est ça. Deux dans le 10, trois dans le 51 et un seul dans le 52. Ça foire souvent.

— Tous proches de chez vous, il semblerait.

— Ben, ouais, c'est pratique. Une heure de route maxi. Le plus loin où j'ai été, c'était à Chaumont. Je m'en souviens, car j'y ai passé le week-end. C'était chouette.

— Et vous avez gardé les coordonnées des familles dans l'éventualité qu'ils vous recontactent, comme pour nous tout à l'heure.

— Quand ça réussit, les gens sont contents. Ils me communiquent par e-mail les résultats. Ils m'envoient des photos. Sur l'une d'elle, la gamine était à poil. J'en suis pas revenu. Putain ! Elle avait mon grain de beauté sur le cul. C'était une putain de preuve de la performance de mon sperme. J'ai aussi reçu une échographie scannée avant l'accouchement d'un autre gosse. Ouais, je conserve les données ; ça me sert dans le business à convaincre les réticents.

— La liste ! gueula Dupuis.

Alberto sursauta.

Morgane s'étrangla de rage. Dupuis s'imposait. Il était son supérieur et avait l'expérience des années. Elle accepta sa méthode bourrue de méchant flic.

— Fini de faire le mariole ! Vous alignez les noms des clients et les moyens de les joindre. Le lieutenant notera sous la dictée pendant que je vérifierai votre emploi du temps de vendredi avec votre service.

— De la semaine dernière ?

— Exact. Dépêchons.

Dupuis sortit et revint dix minutes plus tard.

— C'est OK, Morgane. Il bossait. Il est clean.

Encore ce « négatif du rien » qui m'empoisonne, pensa Dupuis. Je patauge dans la fange. Ça ne s'éclaircit pas, et personne pour m'aider.

— Évidemment que je bossais ! Je ne suis pas un branleur !

— On se calme, d'accord. Une patrouille est, en ce moment, à votre domicile.

— Putain ! De quel droit !

La panique sortait par les pores d'un Piellu à cran. La sueur ruisselait sur son front qu'il étala du revers de la manche en dessinant, par ce geste, une trace marron.

— De celui d'une enquête en cours qui m'autorise à fouiller qui je veux et où je veux — Dupuis contournait la loi en marchant sur des œufs. Tu as la liste, Morgane.

— Affirmatif, Jacques.

— Vas-y avec Giordano. Je contacte les collègues dans le 51 et le 52. Qu'ils nous soulagent de cette vérification. Quant à vous, vous restez avec nous, je n'ai pas fini l'interrogatoire. Il est 14 heures 42, j'informe le tribunal.

Dupuis pêchait au gros. Lui aussi ratissait large. Un vieux truc de roublard pour foutre la trouille. Il le libérerait avant ce soir.

— Mais putain ! Qu'est-ce que je vous ai fait !

— Nous le serons bientôt. Dis au brigadier de me le garder au frais, Morgane. Tu le largues au passage.

La dispersion des spermatozoïdes était le cadet des soucis du capitaine. Il inversait la chronologie des vérifications, conscient du risque de la confusion qu'il créait. Les idées se bousculaient dans son cerveau en ébullition. Il semait à tous vents en espérant que les semences germent. Découvrir le sens caché des mots dans les interrogatoires.

Encore un qui ne s'emmerde pas avec l'éthique, marmonna Dupuis en décrochant le combiné.

— Morgane ! 18 heures ! Au QG !

— A vos ordres, chef ! lança Alberto en fermant la porte derrière lui.

Quelle équipe ces deux-là. Pas très réglo, le procédé, soupira Dupuis en allant dans le sien, de bureau.

Il attrapa le stylo et ajouta Justin Piellu — dont le statut de suspect risquait d'évoluer vers témoin assisté, un bis de l'échec —, sur la feuille du paperboard, et le patronyme des couples.

Pourquoi y a-t-il un tel sac de nœuds ? Cette affaire est plus complexe qu'on ne se la figure. Il y a de quoi s'arracher les cheveux. Merde ! clama-t-il en bousculant le paperboard qui bascula vers l'arrière. Ça fait chier !

40

Un lundi à 14 heures 30.

Une affluence non significative sur le parking du centre commercial. Des places libres.

Un ciel maussade. Un ciel d'hiver.

Grand gara sa voiture. Il claqua la portière, enfonça son feutre jusqu'aux oreilles, boutonna son pardessus, enfila ses gants en peau retournée et verrouilla la Citroën C 3 grise. Il repéra le panneau indicateur et enregistra dans un coin de sa mémoire allée P comme parking. Moyen mnémotechnique évitant la confusion entre véhicules de formes similaires et de couleurs identiques. Il traversa la chaussée et gagna le parc.

Lechat était aux abonnés absents.

Grand constata qu'il n'y avait pas foule. Quelques vieux promenaient leurs carcasses, un clébard au bout du bras. Il avisa d'engager la conversation avec celui qui claudiquait derrière un labrador fauve aux poils grisonnants sur le museau tirant sur sa laisse. L'animal, vigoureux pour son âge, haletait, langue pendante, entraînant son maître vers les pigeons qui picoraient des morceaux de pain rassis.

— J'en possédais un en étant jeune. Une gentille bête.

Phrase type qui flatte le maître à qui on s'adresse. Un sujet qui crée un lien.

Le vieux stoppa sa course. Le chien renifla le manteau, huma l'odeur de l'étranger, et sauta sur Grand qui s'écarta promptement.

— Il n'est pas méchant.

— Affectueux.

— Trop. Dès qu'il voit un gamin qui mange, quel que soit son âge, je ne le tiens plus. Il veut lui bouffer le goûter. Il n'est pas comme les autres chiens qui jouent avec les gosses. Lui, c'est le ventre qui est prioritaire, alors, je le sors quand ils ne sont pas là.

— Les enfants arrivent après l'école.

— Un peu avant, d'ici une trentaine de minutes, sauf qu'en ce moment, avec les vacances, c'est moins fixe. Quand ils arrivent, les femmes qui les accompagnent s'approprient les bancs qui sont pourtant dégoûtants avec les fientes. Normalement, elles se délitent sous l'action de la pluie, sauf qu'avec le froid qu'on a toute la journée, elles ne se détacheront pas, elles resteront collées sur le bois comme du chewing-gum. Allez, il vaut mieux marcher sinon on gèle sur place. Je continue. Il lui faut un arbre, à Rocky, sinon il me pissera sur le bas de mon pantalon. Il est semblable aux vieux. Il goutte quand il attend trop. La vieillesse. On vous appelle. La bonne journée.

— À vous aussi.

Le vieux claudiqua vers un platane aussi vite qu'il put, et il pouvait peu. Le chien leva la patte arrière droite. Il vida sa vessie en un jet puissant. Infini. Si infini que Lechat parvint à la hauteur de Grand.

— Que regardez-vous de façon tellement intense ?

— Le chien du vieux qui pisse là-bas. Jamais vu une telle quantité. C'est impressionnant.

— Suis en retard sur l'horaire. Désolé.

— Cinq minutes, je considère que ce n'est pas du retard, Lechat. J'en ai profité pour soutirer des infos au vieux. Ça bouge à partir de 15 heures 30.

— Dans dix minutes.

— Peut-être plus. Les vacances. Si elles se pointent, elles ne stagneront pas avec cette température. La causette ne sera pas au menu. Elles ne lézarderont pas. Marchons, nous aussi. Faisons comme le vieux avant de finir en glaçons.

— Peut-être pas, Grand. En voilà une avec une poussette. À dix heures sur votre gauche.

La poussette les dépassa. Grand s'esclaffa.

— J'aurais tout vu dans ma courte vie !

L'exclamation de Lechat fusa vers la dame. Elle fit volte-face, le visage courroucé par l'affront, et se pencha en avant. Le binôme observa, médusé, le Yorkshire nain bondissant de sa prison transparente. Il sauta de joie et termina sa frénésie par le rituel du labrador en marquant son territoire. Son urine noya les traces de l'autre chien.

— Il y a pas mal de clebs dans le quartier.

— En ville, l'herbe manque, Lechat. En Angleterre, il existe des aires de jeux réservées aux canidés. J'ai constaté de visu ces enclos. Les gosses jouent ailleurs ; c'est plus propre.

— Même pas une crotte ou deux ?

— Si, bien sûr. Il existe les contrevenants irréductibles, mais ils sont rares. Ah ! Il semblerait que nous ayons de la visite cette fois. Vous avez le brassard ?

— Opérationnel, confirma Lechat en l'exhibant.

Deux femmes de couleur avançaient au rythme de la gamine qui était devant elle sur la voie gravillonnée. Elle devait avoir dans les cinq ans. Deux autres gamins avaient fugué vers le tourniquet.

Lechat intercepta les promeneuses.

— Brigadier Lechat, Mesdames. Enquête de voisinage.

— Si on peut rendre service, répondit la corpulente Nabila.

— Viens avec moi, Clarisse. Ce n'est pas des conversations de petit. Descendez du portique, vous deux ! Je vous l'ai déjà dit vendredi. Je ne le répéterai pas deux fois.

Yasmina installa Clarisse sur la balançoire, l'œil rivé sur les jumeaux.

Gilbert décida de pousser la gamine.

— Ce n'est pas de refus, gloussa Yasmina. Je n'ai plus assez de force. Ces deux-là m'épuisent.

— Des jumeaux ?

— Qui s'entendent à merveille côté conneries.

— J'ai cru comprendre que vous étiez ici, vendredi.

— Quelle histoire ce petiot. La Fatou, elle en était toute retournée.

— Vous la fréquentez ?

— On cause. Ça passe le temps.

— Plus haut !

— Laisse Monsieur tranquille. Tu te débrouilles seule, nous, on va s'asseoir. Mes jambes me font mal. L'arthrose.

Yasmina s'empressa d'étaler un linge sur les lattes de bois.

— Saleté d'oiseaux. À quoi sert notre argent avec tous leurs impôts si ce n'est pas pour avoir un banc propre lorsqu'on veut poser son cul dessus.

Yasmina parlait fort.

— N'emmerdez pas le chien ! Ça suffit maintenant, sinon je vous ramène à la maison ! Croyez-moi, je n'en ai pas envie. Je dis ça pour leur faire peur. À la maison, ils font un boucan du diable.

Les jumeaux cessèrent séance tenante leur jeu cruel et grimpèrent sur le tourniquet. Elle se massa le genou gauche, celui qui était douloureux selon elle.

— Les enfants aiment les chiens.

— Ce n'est pas une raison pour l'emmerder. Ils n'embêteront pas le gros. Ils sont froussards. Ils craignent qu'il le morde. Celui-là est inoffensif avec sa gueule de la grosseur d'une orange. Je l'ai déjà vu ici. Les petits, ils le caressent, ils l'aiment bien. Voilà qu'ils jettent des pierres aux pigeons, maintenant. Il faut que ça s'arrête.

Yasmina récupéra son linge et se dirigea vers les deux garnements. L'autre femme marchait aussi dans leur direction.

Lechat rejoignit Grand.

— La Fatou de Caroline nous a caché qu'elle abritait des cousins. La fille est enceinte. Elle l'a croisée ici la semaine dernière.

— Un mystère à éclaircir.

— Qui s'ajoute aux autres. L'enquête s'épaissit au fur et à mesure de l'avancée.

— Jacques sera ravi. Et pour les véhicules suspects ?

— Que dalle. Selon elle, il n'y a personne qui stationne sur la route sauf pour récupérer un gosse ou faire descendre quelqu'un en vitesse. Ça gênerait la circulation.

— Nous aurons confirmation en rentrant par tes collègues.

— Que décidons-nous ?

— Questionner la nounou Fatou avant que ces deux copines l'informent de notre passage. Elle n'habite pas loin d'ici. Je vais demander l'autorisation à Jacques d'y aller avec Caroline. Avec elle, elle sera en confiance.

— Et moi ?

— Rentre chez toi.

— Ça marche. Je fonce aux stups.

— Allô, Jacques, c'est Gilbert. Il y a du nouveau à vérifier qui concerne la nounou.

— Je le savais ! Bon sang, je l'aurai parié ! Tu as carte blanche.

— Ce n'est pas mon enquête. J'aurais besoin de Caroline.

— OK. Faîtes la craquer et aux trous avec les deux autres.

— Tu les as encore dans tes murs ?

— Jusqu'à ce soir. L'article 18 du code pénal avec son alinéa 4, je m'en tape autant qu'un juge d'instruction. J'œuvre à la manifestation de la vérité. Ils ruminent. Je suis patient. J'y vais au flan. Tu as l'adresse ?

— Non.

— Je te l'envoie par SMS. On les tient. Je t'envoie Morgane pour le côté officiel. Elle a terminé avec ton ami Alberto.

Tracassé par les zones d'ombre, Grand se souvint d'une phrase prononcée par Anne-Marie : « Celui qui ne progresse pas chaque jour, recule chaque jour. » BOF ! Plus nous progressons dans cette affaire, plus nous reculons vers les méandres d'un récit mensonger raconté par les protagonistes.

41

Le facteur avait glissé dans la fente de la boîte aux lettres son lot de publicité et de factures à payer. Courrier inintéressant au demeurant.

Avec la visite de Morgane, de Gilbert et d'Alberto, elle avait cru à sa réintégration. Une pensée idiote. Un contresens. S'imposer était une absurdité. Se résigner à l'évidence. Elle était assignée à résidence.

Et l'angoisse s'était réveillée.

Caroline n'avait pas eu le courage de cuisiner. Elle avait trié les plats dans le congélateur et avait enfourné une moussaka. Le ronronnement du four à chaleur tournante avait brisé le silence régnant dans la maison.

Timbre de la minuterie.

Pas de chichis.

Fourchette en main, Caroline avait piqué un morceau d'aubergine dans le plat, l'avait porté à sa bouche, et l'avait mastiqué encore et encore jusqu'à former un amas végétal broyé insipide.

Haut le cœur.

Au-dessus de l'évier, elle avait craché l'aliment. Le ventre criait famine et le cerveau bloquait l'ordre de manger.

Pas d'appétit.

Plus tard.

Peut-être.

Empêcher la déshydratation et la syncope par hypoglycémie.

Tenir.

Toujours.

Elle avait rempli à ras bord un verre de jus de fruits multivitaminés sorti du frigidaire et l'avait bu d'une seule traite. Elle en avait bu aussitôt un deuxième. L'estomac avait gargouillé.

Trop de liquide absorbé.

Trop rapidement.

Elle avait roté et refoulé l'aigreur qui remontait dans l'œsophage.

Vue sur l'extérieur avant de gagner le salon.

La démarche pesante.

Les épaules rentrées.

Elle s'était laissé tomber sur le divan, apathique. De combien de minutes, l'aiguille de sa montre avait-elle bougé avant qu'elle perçoive la sonnerie de son téléphone portable ?

D'abord, elle sursauta. Puis, elle trembla jusqu'au moment où elle comprit que la musique entendue n'était pas celle de la ligne fixe. Les tremblements s'arrêtèrent. Ses doigts glissèrent dans la poche arrière droite de son pantalon.

— Oui, Morgane, je t'écoute.

La voix était faible.

— On réclame ta présence chez ta nounou. Je serai devant l'entrée de l'immeuble avec Gilbert et Alberto.

Elle coupa la communication.

Enfin !

La voix était ragaillardie.

42

Blanc.

Les arbres, les cailloux, le chemin, la voiture, l'herbe.

Un linceul sans tache.

La confrontation de la lumière et de l'obscurité de la nuit.

La neige avait étendu son manteau autour du chalet ; un manteau pesant. La nature frémissait sous la poudreuse. On l'entendait gémir ou bien, c'étaient les bûches dans l'âtre.

Émilie Richier confondait les bruits de la forêt et le feu crépitant. Elle avait la pensée vagabonde ; une pensée sauvage qui la transportait vers l'enfance, celle de la luge et des batailles de boules-de-neige. Elle regarda le ciel d'un gris uniforme. Les nuages imbriqués formaient une étendue gris clair au-dessus des cimes. Il neigerait d'ici ce soir. Il fallait se hâter. Hier, elle avait promis et une promesse est sacrée chez un enfant. Le gris n'existe pas, seuls le noir et le blanc ont la valeur qu'on leur concède.

Elle chercha des vêtements chauds dans ceux qu'elle avait emportés. Elle trouva un bonnet et des moufles en laine. Le caban que Valentin portait lorsqu'elle l'avait retrouvé suffirait à le protéger du froid ; elle lui enfilerait un pull supplémentaire avant de sortir. Deux paires de chaussettes éviteraient les engelures.

Elle ramena le tout dans le salon et habilla l'enfant. Lucas, ayant dormi après le déjeuner, était docile. Il tendit les bras, puis les jambes. Ainsi attifé, il ressemblait à un bibendum éprouvant des difficultés à remuer. Il restait à régler la question des chaussures, les siennes n'étant pas adaptées à ce brusque changement de saison.

Elle ouvrit la maie et farfouilla dedans. Elle récupéra une paire de bottes en plastique vert de jardinier à sa pointure, et ce fut la fin des découvertes. Épineux problème à résoudre.

Elle étudia de près les baskets à lacets rouges qu'elle avait dû récupérer dans l'entrée faute de mieux. En moins de cinq minutes, elles seront trempées, estima-t-elle, et deux paires de chaussettes, impossible. Elle ôta la chaussette superflue. Trouver une astuce. Avec quels moyens assurer l'étanchéité des godasses ?

N'ayant que le strict nécessaire à sa portée, elle partit chercher dans la cuisine le rouleau de sacs-poubelles contenance trente litres, et de la ficelle. Un à chaque jambe. Elle lia le sac à mi-cuisse en ayant soin de ne pas garrotter le membre. Le sac glissa de quelques centimètres. Lucas s'en accommoda, immobile. Puis, elle le revêtit avec le manteau, le bonnet et les moufles. Elle força sur la fermeture du caban molletonné ; et, accoutré de la sorte, elle prit Lucas dans ses bras et sortit avec Micha sur ses talons.

« Admire ce beau paysage, Valentin ! »

Lucas hésita à avancer. Il manquait l'odeur propre à la nature : les senteurs du sous-bois à l'automne, les parfums estivaux, l'ivresse du champignon et celle de la jonquille, l'essence enivrante qui donne du relief à la flore.

Lucas cligna des yeux. La réverbération. Un oiseau picorait les graines d'une pomme, perché sur la branche d'un conifère. Il ébranla l'arbre. Choc sourd. La neige atteignit la branche inférieure et le bruit se répandit. La forêt jouait aux dominos. Il se boucha les oreilles. Cet univers blanc lui était inconnu. La chienne, bloquée à ses côtés, s'efforça à dégager ses pattes prisonnières de cet univers blanc collant à ses poils qui lui refroidissait le ventre.

Remarquant l'embarras qu'avait le spitz nain à se mouvoir, Émilie Richier tassa la neige avec ses pieds sur un rayon de six mètres. Un cercle sacré répondant à une protection millénaire. Micha sautilla autour d'elle durant l'opération.

Lucas se hasarda à entrer dans la danse. L'air vif lui picota le nez et les joues. Le sol était glissant et dur. Les bras écartés lui servant de balancier, il stabilisa son corps devant Émilie.

« Bravo ! Tu es un grand garçon ! Fais comme moi, Valentin ! Forme une boule et lance-la à Micha ! »

Lucas s'exécuta. Il marcha jusqu'au bord du cercle, osa franchir la ligne de démarcation. Un pas, un seul, jusqu'au mollet, il s'enfonça. Il recula. Sensation nouvelle. C'était doux au toucher et la substance blanche fondait entre le pouce et l'index. Il tira la langue. Il ne put la manger. Elle humecta ses lèvres. Elle mouilla le visage. Les yeux pétillaient. Il en ramassa autant que ses moufles pouvaient en contenir, et lança. La chienne sauta pour l'attraper. Il en façonna une autre, et ainsi de suite jusqu'à ce que Micha, épuisée par les bonds, allât se coucher sur une grosse pierre à moitié ensevelie à la lisière du cercle. La chienne se reposa, haletante, de la vapeur d'eau sortant de sa gueule.

« Viens m'aider, Valentin ! »

Lucas, tout à son jeu avec Micha, n'avait pas repéré le monticule de neige derrière lui assemblé par la dame. Sans se lasser, la dame récoltait la substance blanche et l'agglutinait au tas qui grossissait peu à peu. Il ne voulut pas la contrarier. Depuis hier, la dame ne criait plus après lui. Il reproduisit les gestes. Malhabile. Il glissa, tomba sur les fesses, se releva et recommença. La dame était contente ; elle souriait.

Le jeu dura.

Émilie Richier applaudissait les exploits. La forêt résonnait des « Bravos ! » spontanés émis à la prouesse du môme.

La luminosité décrut.

Le bonhomme de neige avait un corps, une tête, des yeux avec des pommes de pin, des bras avec des branches cassées.

« Il lui manque un nez ! Ne bouge pas, Valentin. Je vais chercher ce qu'il faut à l'intérieur. »

Lucas avait les doigts gelés à force d'avoir manié la neige qui avait fini par mouiller la laine. Il avait les jambes flageolantes ; une fatigue causée par ces chutes à répétition. Il ôta les moufles. Le jeu avec Micha était plus amusant que celui avec la dame. Il s'aventura au-delà du périmètre sécurisé. Avant même d'avoir atteint la chienne, il chuta dans la poudreuse, tête la première. Il sentit la neige s'infiltrant dans les protections en plastique jusqu'à ses chaussettes et dans les manches de son manteau. Il n'avait pas mal. Craignant la colère de la dame, il roula sur le côté, prit appui sur ses mains, s'assit et se releva après plusieurs tentatives. Il tourna le buste vers le chalet. Personne. Il souhaitait atteindre la grosse pierre sur laquelle Micha était toujours allongée. Il avança d'un mètre et trébucha sur un morceau de bois à demi enterré. Déséquilibré, il partit en avant, bras tendus, le corps projeté vers un rondin oublié par les bûcherons à l'automne. Il tenta en vain d'amortir la chute. Les doigts de la main droite ripèrent sur l'écorce. Distension violente des ligaments de l'auriculaire et de l'annulaire. La porte du chalet se ferma brusquement sous l'empressement de la dame. Il pleura. Pas fort. De peur. De la douleur. Micha lécha les larmes sur les joues.

« Valentin ! Regarde ! J'ai fabriqué un cône en carton avec l'emballage des petits pots de compote. »

Émilie Richier enfonça l'objet dans la tête du bonhomme de neige.

« Pourquoi as-tu enlevé tes moufles ? Bientôt, il va faire nuit. Tu aurais pu les perdre dans la neige. »

Elle les ramassa. Lucas était transi par la terreur de la punition à venir.

« Pourquoi pleures-tu ? »

Il cacha sa main derrière son dos.

« C'est le froid ? Nous avons passé deux heures à confectionner notre bonhomme. Demain, nous ne nous attarderons pas autant dehors. Il va sûrement neiger encore un peu cette nuit. Viens. Rentrons goûter. »

Lucas avait mal. Il ne se plaindrait pas.

16 heures 20.

Morgane, Gilbert et Alberto, devant la porte vitrée de l'immeuble. Le trio guettait Caroline.

Une figure connue se profilait dans leur champ de vision. Caroline arrivait.

— Salut les amis. J'en avais ras le bol d'être cloîtrée à la baraque. Le capitaine a enfin pensé à moi. Ce n'est pas trop tôt. Vous me briefez ?

Aucun des trois ne fut dupé par cette avalanche de mots masquant le mal-être de la mère, et ne voulut la contrarier. Nuits blanches et repas cuisinés qui séjournent dans le frigo sans y avoir touché. Elle avait maigri. Les joues creusées et la pâleur du visage dénonçaient l'état dépressif du lieutenant. Et la continuelle tenue vestimentaire noire aggravait l'image que son corps renvoyait.

Ne pas la décevoir.

De la douceur.

— Gilbert a su que ta nounou hébergeait, mais c'est à confirmer, sa cousine et son mari. Dupuis nous expédie en éclaireur avant de les convoquer. Si nous les surprenons sur place, sinon, il nous faudra aviser.

— Curieux qu'elle ne m'en ait pas parlé.

— Tu les as déjà vus ?

— Non.

— Je suppose qu'ils ne se montrent pas quand tu récupères Lucas, ou bien ils se planquent chez une voisine. Ils se serrent les coudes. Tu n'as pas remarqué des objets masculins chez elle ?

— Je ne fouille pas. Je lui dis deux mots en arrivant. Je lui laisse les consignes pour le lendemain. Je prends Lucas et je me tire.

— OK. C'est toi qui t'annonces à l'interphone. Elle sera moins méfiante qu'avec nous autres.

Ascenseur. Troisième étage.

Un appartement à l'agencement modeste. Des placards dans l'entrée aux portes coulissantes. Un salon riquiqui avec un canapé deux places en tissu marron foncé, un poster d'éléphant dans un sous-verre dont la vitre était ébréchée accroché au-dessus, la palette en guise de table basse, des lampes en rotin tressé poussiéreux, et un téléviseur à écran plat — un luxe acheté à crédit sur trente-six mois — ; en revanche, il y avait profusion de coussins et de plantes vertes à même le carrelage. Une cuisine séparée en longueur avec des appareils électroménagers encastrés, une table de camping et trois tabourets rouges en résine, du pas cher et pas costaud — elle mangeait là, contre la fenêtre condamnée à en juger la position des sièges.

Alberto éprouva de la gêne à contempler un intérieur transpirant les fins de mois difficiles. La chambre, il ne la vit pas, la porte était fermée.

Fatou s'étonna d'une telle délégation. Elle croyait recevoir la mère, et trois autres personnes l'accompagnaient. Elle se sentit misérable, diminuée face au nombre. Deux policiers et deux inconnus. Venir aussi nombreux n'augurait rien de bon. La perplexité ajoutée à l'inquiétude fit qu'elle s'effondra aussitôt en omettant la « bonne arrivée ». Ne pas souhaiter la bienvenue, c'était que quelque chose clochait, aurait affirmé la vieille Yasmina.

— Ah, ça, je n'en dors plus, sanglota Fatou, les larmes débordant des paupières et noyant la vue. La nuit, les cauchemars me réveillent. Ce n'est pas amusement des nuits pareilles.

— Nous sommes venus pour cela, justement, annonça d'emblée Morgane.

Fatou chercha de l'aide du côté de Caroline.

— Vos amies nous ont parlé de votre cousine. Elle n'est pas ici ?

— Que… bredouilla Fatou.

— Celle qui est enceinte et qui est avec vous au parc.

— Ah, ça.

Morgane enclencha la vitesse supérieure en durcissant le ton.

— Bon. Nous n'allons pas y passer la nuit. Elle est où, la cousine ? Elle a disparu comme par hasard ? Avec Lucas, peut-être ?

— Non. Non. Non…

— Alors ! Ça vient !

— Elle n'a pas de papier. Ce n'est pas facile.

— Pourquoi ne pas m'avoir informé de ce fait, Fatou ? Je les aurais aidés comme je l'ai fait pour vous.

— Caroline, ce n'est pas le moment de t'apitoyer. Elle te manipule avec ces atermoiements. J'attends la réponse.

— Ils sont clandestins.

— Qui ça, ils ?

— Elle et son mari. Aaaaaah… Togo-Togo !

— De mieux en mieux. Et vous les héberger depuis leur entrée sur le sol français, je suppose.

— Ah, ça, oui. Je n'allais pas les laisser à la rue. Et maintenant que je n'ai plus d'enfant à garder, c'est moi qui vais finir à la rue, dit-elle en reniflant. La vie en Afrique, ce n'est pas facile. Je ne refuse pas, mais trois bouches à nourrir. Et le cousin, il ne maîtrise rien. Ce n'est pas ma faute.

— Un peu quand même ! s'emporta Morgane. Il ne faudrait pas exagérer ! Merde !

— La famille, là-bas, au pays, elle m'a forcée. Je devais les accueillir et, après, ils se débrouilleraient ici. Je ne voulais pas des ennuis ; alors, j'ai accepté, pour la mère, et, maintenant, les emmerdes, c'est moi qui les aie. Ce n'est pas ma faute.

— Nous l'avons compris. Ils sont où, Fatou ? demanda Caroline. Tu dois me le dire. Ta cousine a peut-être vu quelqu'un et si nous ne l'interrogeons pas, nous ne saurons jamais. Tu ne voudrais pas que, par ton mutisme, mon fils reste introuvable. De ceci, j'en suis sûre, n'est-ce pas ?

L'argument pesa dans la balance.

— Ils sont chez mon frère. Messin Edou. À « La Chapelle Saint Luc. »

— Et voilà ! Ce n'était pas si compliqué ! Caroline, tu prends Madame Edou avec toi, Gilbert et Alberto vont rejoindre le QG. C'est aux flics d'agir. Toi et moi.

Les deux hommes acquiescèrent par un hochement de tête.

— Mon Dieu, Gilbert, quelle histoire !

— Un rebondissement.

— Est-ce que tu crois les cousins capables d'avoir enlevé le petit Lucas en vue de l'obtention d'une carte de séjour ?

— L'imagination d'un criminel n'a pas de limites.

— Mon Dieu ! Pauvre demoiselle Caroline !

— Fais pisser Cannelle avant que je démarre.

— Sur le parking ! Jamais ! Elle fera à la maison.

— Mets-lui un bouchon au cul à ta chienne car on n'est pas couché.

— Oh !

— Le retour à la maison, ce n'est pas dans l'immédiat. Je te le garantis. Fais confiance au détective, Alberto.

44

Sept personnes qui s'entassent dans un appartement d'environ quatre-vingts mètres carrés.

Une frimousse dans la cuisine dévisage le groupe qui franchit le seuil derrière Fatou. Il était dix-sept heures. La frimousse, sous le regard attentif de la sœur, dégustait une crêpe à la confiture qui dégoulinait et tombait sur la table recouverte d'une toile cirée à carreaux dans des tons orangés.

Dans la pièce principale, aucun meuble excepté le séchoir à linge sur lequel séchaient les fringues de la famille — bavoirs, chaussettes, culottes, slips, pyjamas, tee-shirts, la lessive du quotidien —, et un large téléviseur installé dans l'angle à gauche de la fenêtre donnant sur un balcon où mourait une plante ; un tapis recouvrait quasiment la surface de la pièce en s'arrêtant à dix centimètres des plinthes et comme chez Fatou, il y avait profusion de coussins contre les murs sur lesquels on avait scotché des dessins.

Dans la chambre à la porte ouverte, à l'image des autres pièces dans l'espoir d'agrandir l'espace visuel et lutter contre la sensation de vivre les uns sur les autres, Morgane avait pu voir des matelas par terre, des cartons renfermant des jouets, une planche sur des tréteaux en bois servant de bureau, et une armoire en tissu aux étagères débordantes de vêtements qui semblaient fuir le désordre en penchant dangereusement vers le sol, problème de gravité. D'autres dessins aussi sur les murs. La chambre des gamins, avait-elle pensé en suivant la cousine.

Embrassades des cousines et de la belle-sœur. Le frère de Fatou au travail ; la mère qui veillait à ce que ça roule à la maison entre la cuisine, le ménage et les devoirs.

« C'est comment ? »

Un langage à elles, un langage avant les emmerdes ; et les emmerdes, c'était maintenant avec la tronche que tirait le capitaine Dupuis dans son triste bureau gris.

Devant lui, deux interpellés ; deux suspects qui s'ajoutaient à la liste ; deux individus ayant la trouille ; deux clandestins qui se demandaient à quelle sauce l'administration française les boufferait. La légalité d'un cannibalisme moderne. À les voir se trémousser sur les chaises, Dupuis saisit qu'ils s'efforçaient à trouver une issue à leur problème de clandestinité. Au moins, dans leur malheur, il n'y avait pas la barrière de la langue. Ils parlaient tous les deux le français du Burkina Fasso dont ils étaient originaires, précisément de Cassou.

— Nom, prénom, date de naissance, adresse en France.

— Oumar Tutu, vingt-deux ans, celle de la cousine de ma femme, répondit l'homme au sweat à capuche gris foncé de la marque Puma. Avec sa chevelure frisée, sa peau aussi noire que son pantalon de jogging et ses baskets, il devait être invisible dans l'obscurité quand il rentrait le soir.

— Et vous ?

— Ina Bari, vingt ans, chez Fatou Edou.

La jeune femme enceinte se gratta le ventre. Le muscle distendu par la grossesse pointait en avant sur ce corps longiligne. Mince, une peau à la carnation ébène, les cheveux crépus coiffés en de nombreuses nattes couvrant les épaules, un pantalon en flanelle Bordeaux, un pull en laine à rayures jaune et verte, des tennis et une veste rouge, elle incarnait l'Afrique et ses couleurs.

— Que vous créchiez chez votre cousine, que vous soyez des « clandés », ce n'est pas ce qui m'intéresse, du moins pour aujourd'hui ; nous verrons ça plus tard. Ce que je veux savoir, c'est ce que vous vous rappelez de vendredi après-midi.

— Je n'y étais pas.

— Et où étiez-vous, Monsieur…

— Tutu, souffla Morgane.

— C'est ça, Monsieur Tutu. Je vous écoute.

L'homme interrogé regrettait déjà son empressement à répondre.

— Chez des copains.

— Les noms ?

Déglutition. Mains moites essuyées sur le pantalon.

Dupuis comprit le langage corporel.

— Du boulot au noir, l'expression s'y prête. Ne me faites pas perdre mon temps ! Morgane, emmène-le dans ton bureau et fait lui cracher le morceau !

Exécution immédiate.

Caroline pigea la manœuvre. Le capitaine isolait le maillon faible. Il exploitait la fragilité de la future parturiente.

— Vous, je sais que vous y étiez. Cela nous a été confirmé par les copines de votre cousine.

— Je l'accompagnais.

— Qu'est-ce que vous avez vu ?

— Racontez-nous, demanda Caroline, le regard suppliant.

C'était la supplique d'une mère à une autre.

— C'est ça. Racontez.

— Le petit garçon jouait avec les grands, ou il les observait, enfin, il était avec eux.

— Ce n'est pas très précis. Après ?

— Après, on s'est levé parce qu'on se gelait. Ce n'est pas comme au pays, au pays il fait chaud, sauf que chez nous, du travail, il n'y en a pas. Ici, c'est mieux pour élever un enfant. Avec un travail, on ne me renverra pas chez moi et mon bébé aura la nationalité française à sa majorité.

— Terre d'asile. Le droit du sol.

— C'est ce qu'on dit dans la famille, et c'est vrai. Fatou, elle en a eu un de suite, de travail.

— Parce qu'elle a fréquenté une association qui aide les émigrés. C'est par ce biais que nous nous sommes rencontrées. Alors, mon fils ?

— C'est cela même ! Son fils ! Au lieutenant !

— On a marché sur le sentier. On ne le voyait pas. Il était derrière nous.

— Putain ! Je rêve, capitaine ! Elles ne l'ont pas surveillé au parc !

— Calmez-vous, lieutenant. Continuez.

— Une fois, quand je me suis retournée, j'ai vu qu'il caressait un petit chien, de la taille du vôtre, ajouta-t-elle en désignant Cannelle dans son sac de transport. Avec les gros chiens, on n'est pas tranquille, mais avec les petits, on laisse faire.

Dupuis parut se réveiller.

— Qu'est-ce que vous foutez dans mon bureau, Monsieur Giordano ?

— J'exécute les ordres, chef. Vous avez dit dix-huit heures au QG, et il est dix-huit heures passées. Gilbert est là aussi. Il discute avec Lechat.

— Il est revenu lui aussi ?

— Tous au rendez-vous à l'heure prévue par vos ordres.

— Sortez de mon bureau, Giordano. Vous reviendrez lorsque j'aurai fini.

— Attendez, chef, que je sorte Cannelle de son sac. La grandeur du chien, Mademoiselle, elle ressemblait à la sienne ? questionna Alberto en posant Cannelle sur le bureau de Dupuis, les pattes sur les dossiers.

— Ne vous gênez pas, Giordano !

— C'est un indice, chef. Le petit de la demoiselle Caroline aurait eu peur avec un molosse, tandis qu'avec un de la hauteur de Cannelle, il n'aurait pas été effrayé.

— La déduction est logique. Alors, la taille du clébard, Madame…

— Bari, souffla Caroline qui avait endossé le rôle de Morgane.

— C'est ça, Madame Bari. La taille ?

— De là où j'étais, pareil.

— Et ensuite ?

— On est revenu vers le parc sur le chemin, on s'est arrêté et on a rigolé entre nous des photos que Nabila avait sur son smartphone.

— Et c'est tout ? s'enquit Caroline.

— C'est à ce moment qu'on s'est rendu compte que le petit manquait. On l'a cherché. Après, avec Fatou, on est rentré puis je suis partie avec Oumar chez le cousin. C'était tard. Messin était rentré du travail. Il est venu nous chercher.

— À part cet épisode avec le chien, Lucas n'a pas bougé ?

— Il était peut-être plus près de la route. Je ne sais plus vraiment la distance. Je n'ai pas fait attention. Avec le chien, il était là, il s'amusait avec lui.

— Ça, on l'avait compris.

Dupuis décrocha le combiné.

— Morgane, occupe-toi de la femme enceinte. Tu la récupères dans le couloir. Tu termines avec le couple.

Caroline ouvrit la porte et la referma derrière Ina Bari.

— Vous en pensez quoi, lieutenant ?

— De Lucas et du chien, ou de la cousine ?

— Des deux.

— Lucas…

Caroline éclata en sanglots. L'interrogatoire, tel une spirale dévastatrice, avait engendré une réaction émotionnelle. La coupe était pleine, l'angoisse débordait. Dupuis ouvrit un tiroir du bureau et lui tendit un mouchoir en papier.

— C'est vrai que Lucas aime les animaux. J'avais même envisagé d'adopter un chat au refuge.

— Dans votre entourage, il y en a ?

— Des chats ?

— Des chats ou des chiens ?

— Ma belle-mère a un chien. Un gros.

— Gros comment ?

— C'est un cocker anglais noir et blanc qui grogne dès que Lucas s'approche de ses oreilles. Enfin, quand il avait un an ; depuis la séparation avec son père, comme je ne fréquente plus mes beaux-parents, je ne sais pas. Il était vieux. Il est peut-être mort.

Les neurones de Dupuis fonctionnaient à plein régime. Quelqu'un avait attiré le môme du lieutenant avec un putain de clébard ! C'était une piste valable, la meilleure parmi les autres. Il restait à trouver qui ?

45

— Je ne vous dis pas de vous asseoir, il n'y a pas assez de siège, annonça Dupuis. Serrez-vous. Nous allons récapituler ce que nous avons appris.

— Et Caroline ?

— Avec Giordano au distributeur de boissons, Morgane, à moins qu'ils ne soient partis tous les deux.

— Elle est partie avec Alberto. Elle a demandé qu'on lui téléphone après.

— Très bien, Gilbert.

— Je l'appellerai de la maison, suggéra Morgane.

— Parfait. Commençons.

Dupuis souleva la page de garde du paperboard.

— Procédons par élimination. Le plombier Jean Sueur et le libraire Pascal Bremond ont été mis hors de cause précédemment. Ce qui se rapportait à l'éducation nationale, je m'en suis occupé personnellement.

— C'était prévu.

— Affirmatif, Morgane. Inutile de relever. Nous avons donc un suspect en moins, la mère de Caroline. J'ai profité de l'appel pour évoquer la mutation de son ex-mari. La demande a bien été reçue, il y a une quinzaine de jours avec le souhait d'un collège à Châlons en Champagne.

— À cent bornes des parents !

— Affirmatif, Morgane. Il a encore une fois menti ou caché la vérité, tout dépend comment on considère le fait. L'ex de ta copine se rapproche du domicile de sa maîtresse et non des vioques. Et la charmante épouse du préfet a confirmé la partie de jambes en l'air, donc, en définitive, malgré ce pieux mensonge, Guillaume Bremond éliminé lui aussi de la liste.

— Ou commanditaire.

— Affirmatif, Morgane. J'y reviendrai plus tard.

— Fatou Edou est envisageable, osa prononcer Gilbert.

— Une évidence de détective. En revanche, d'autres ont été ajoutés : les cousins Tutu et Bari, le donneur, et les couples du donneur.

— Je croyais que Piellu était à son boulot ?

— Affirmatif, Morgane, seulement il fallait vérifier pour le môme. Ce salopard a pu nous aiguiller vers une voie de garage avec son baratin de « bénévolat aux spermatozoïdes ». C'est à ton mari que j'ai confié cette mission. À toi, Marc, nous t'écoutons.

Lechat et Gilbert se décalèrent sur leur droite et Dupuis donna le marqueur au capitaine de la brigade des stups.

— Avec les gars, nous avons récupéré les PV d'audition des couples de la Marne et de la Haute Marne. Rien à tirer de ce côté-là. Les parents sont cleans. Un seul môme, une épreuve, et un paquet de fric donné à Piellu et aux institutions. Unanimes sur le sujet. Ils ne remettront pas le couvert. Je les élimine.

La colonne des alibis vérifiés s'allongeait. Dupuis avait la tronche des mauvais jours.

— Dans la foulée du ratissage, l'équipe est d'accord avec votre capitaine, nous n'avons rien trouvé pour inculper réellement Guillaume Bremond à ce stade, ni Justin Piellu.

— Il faudrait les remonter d'en bas, Jacques.

— Après, Morgane. Après.

— Je continue. Les bagnoles des suspects. Pas grand-chose à dire. Pas d'infraction au code de la route, et pas de trajet sur l'autoroute ce qui n'exclut pas la participation à l'enlèvement. Conduite exemplaire sur une route départementale. Pas vu, pas pris. Nous avons épluché les dépenses internet par CB ou par Paypal, les paiements par mobile du genre Paylib, les relevés téléphoniques. Pas folichon. Des dépenses classiques de fringues, de biens de consommation courante ou culturelle. Il y a quand même un fait qui a attiré notre attention : la prof de musique Bremond.

— Ah, émis Dupuis, l'espoir renaissant dans son esprit.

— La consommation d'antidépresseurs achetés à la pharmacie de son patelin. Le collègue Grosjean a questionné sur place. À l'officine, le pharmacien est formel. La prof se plaint d'une baisse de clientèle. À l'entendre, elle n'aurait guère qu'un élève inscrit à son planning. Le sous-Lieutenant a surveillé la piaule. Personne n'est venu. Calme plat.

— Est-ce qu'il a aperçu un cocker ?

— Sur le portail, il y a effectivement une plaque « chien méchant ». Il ne m'a rien dit d'autre. Il l'a surtout pris en filature. Des courses au supermarché du coin.

— Ils sont rentrés chez eux sans être inquiets du sort de leur petit-fils !

— Un bon point pour vous, Morgane. Étrange comportement. La grand-mère deux fois suspecte. Elle cumule.

— Le mari ouvre la librairie demain matin et, il a la dédicace le mardi.

— L'un n'empêche pas l'autre, Gilbert. C'est compatible.

— On creuse toujours ?

— Affirmatif, Gillet. Sur la mère Bremond, et aussi sur les deux derniers en date : nos deux hors-la-loi, les cousins, je vous communiquerai ce que j'ai dans le dossier.

— OK. On s'y mettra dès demain.

— Ils sont partis où, les futurs parents du Burkina Fasso, Morgane ?

— Chez la nounou de Caroline.

— Parfait. Je te le souligne, Gillet.

— L'étau se resserre sur la grand-mère Bremond. Je ne crois pas à sa culpabilité, ni à celle de son mari, mais pris à la gorge, de quoi est capable la nature humaine ? Allez savoir.

— Affirmatif, Gilbert. À ce stade de l'enquête, elle est notre principal suspect et je n'exclus pas la complicité d'une tierce personne, ou un commanditaire, ainsi que tu le clamais, Morgane. Aurait-elle eu vent de l'imposture concernant les gênes de Lucas ? Avec une femme raciste, l'aurait-elle tué d'une taloche violente ? Un crime accidentel ? Cette femme pleure sur commande. Nous avons assisté à son cinéma. Je ne rejette rien, et surtout pas elle.

— Et moi ?

— Quoi, toi ?

— Nous n'avons pas parlé du couple de Troyes, rappela Morgane en extirpant le calepin « Caro » de son blouson.

— Tu as raison, Morgane. Nous t'écoutons.

— Je ne prends pas le stylo. Je ne sais pas quelle colonne choisir. J'ai sonné à l'interphone. Aucun signe de présence. Alberto a appuyé sur tous les boutons sans exception. Un vieux a répondu. Il habite au rez-de-chaussée. Il a soulevé le rideau à la fenêtre de sa cuisine. Il a déclenché l'ouverture de la porte de l'immeuble. Il fallait voir sa tête. Il louchait sur ma carte de police, et sur Alberto avec Cannelle. À l'écouter parler, il se réfugie dans son studio. Il ne fréquente pas les voisins sauf pour les assemblées générales de copropriétaires, et encore, il s'installe au fond de la salle afin d'être le premier sorti. « Je fuis les emmerdes », il nous a dit. Je me suis rabattue sur la boîte aux lettres. Il y avait du courrier confirmant l'absence de la femme. Il faudra revenir dans la semaine.

— Tous les jours, Morgane, ça urge.

— OK.

— Et du côté du lieutenant Caroline, Morgane ? Chez elle ?

— Rien de nouveau.

Éternellement, Dupuis entendait le mot « rien » qui s'incrustait dans les dialogues.

— Bien. On va libérer nos deux cocos. Morgane, va me chercher d'abord Piellu.

Le jardinier arriva en roulant des mécaniques. Six heures en geôle n'avaient pas supprimé l'arrogance.

— Juste une précision avant que vous nous quittiez, Monsieur Piellu, vous serez convoqué par un juge d'instruction. Ne croyez pas que j'avais enterré l'affaire. Allez, vire-moi le, de mon bureau, Morgane, et remonte-moi qui tu sais.

Un langage non protocolaire qui n'offusqua personne.

Justin Piellu n'avait plus le panache du coq dans une basse-cour en sortant du commissariat.

À peine Guillaume Bremond fut-il assis que Dupuis embraya.

— Votre fils, Monsieur Bremond, a-t-il un grain de beauté sur la fesse ?

— C'est une blague ! Devant l'incongruité de votre question, je me gausse. Mon fils a été enlevé, et vous me parlez de son cul !

— Répondez, s'il vous plaît.

— Oui, il a un grain de beauté sur la fesse droite. La belle affaire ! Vous n'avez que ce renseignement pour pister le ravisseur. C'est maigre.

— Ce sera tout. Madame Élisabeth Villain a confirmé votre alibi. Vous pouvez y aller.

— Et pour Lucas ?

— Il serait temps de vous en préoccuper. Nos équipes informent le lieutenant Sueur d'heure en heure. Vous n'avez qu'à passer par elle, sauf si vous avez une information à nous communiquer en direct, là, tout de suite.

— Non.

— Dans ce cas, je ne vous retiens pas.

Pas de cadavre équivaut à pas de crime.

Pas de lettre anonyme, ni de rançon, égale pas de rapt.

Gilbert, Marc, Morgane et Lechat attendirent la suite.

— Il faut que le témoignage coïncide à la seconde près à l'approche de la vérité. Il faut que le mobile s'intègre dans l'engrenage tel un puzzle reconstitué. Un coupable et un complice. Comment peut-on expliquer l'inexplicable sans une complicité ? Les éléments sont palpables tout en étant insaisissables.

— La grand-mère ? C'est complètement dingue !

— L'entourage familial, Morgane. Souvent et banal.

— Et merde ! Comment le dire à Caroline ?

— Plus tard, Morgane. Plus tard. Sur cette conclusion, à demain.

Fallait-il intégrer le doute et les contradictions afin que la mayonnaise prenne ; et comme un couteau planté dans la sauce, que la vérité puisse se tenir droite, la pointe de la lame enfoncée dans la résolution grâce aux détails.

Dupuis réalisa qu'il n'avait pas fumé de l'après-midi. Décrochait-il de cette saleté ?

46

« Pourquoi gémis-tu, Valentin ? Dans la baignoire, tu chouinais au lieu de t'amuser avec les cubes. D'ailleurs, si je réfléchis, tu chouines depuis que nous sommes rentrés. Tu grelottais. Tu ne pouvais pas rester dehors, il faut que tu le comprennes. Tu claquais des dents et je t'ai fait couler un bain très chaud. Cela aurait dû te calmer et tu continues. Dors un moment avant le dîner, je te l'autorise. »

Émilie Richier coucha Lucas dans le lit. Il n'avait pas sommeil. Il fit un effort pour se soulever, handicapé par la main. Il retomba sur l'oreiller.

« Tu ne veux pas dormir à ce que je constate. Tu désires que je te lise une autre histoire de Jojo lapin ? Celle où il est en vacances aux sports d'hiver va te plaire. Viens. Suis-moi, Valentin. Tu t'installes sur le canapé, je vais chercher le livre. »

Il roula sur le côté, engagea les jambes hors du lit et bascula. Il trébucha sur le chausson à la pointure inférieure à la sienne qu'Émilie Richier s'évertuait à lui mettre dans le chalet. Il amortit le choc avec le lapin rose à la trogne usée par les dents de lait qu'il transportait où qu'il aille. Le doudou d'adoption.

« Ne marche pas en chaussettes, Valentin. Je te l'ai répété des dizaines de fois. Tu finiras par te blesser en glissant, et puis le parquet a des échardes à certains endroits. C'est qu'il n'est pas jeune, il se fendille. Reste auprès de Micha, je ramène tes chaussons. »

Lucas ne voulait pas y aller. La chienne était couchée devant le foyer où des flammes jaunes atteignaient l'avaloir. Elles étaient si hautes qu'elles le dépassaient. Et puis elles lui auraient cuit la peau à travers le tissu. La chaleur dégageait par le feu, il ne l'aimait plus. C'était une chaleur mauvaise ; elle l'effrayait ; elle incarnait le mal, la méchanceté, la dame qui crie. Il s'étonna de la position imprudente de Micha si vulnérable à l'embrasement de son pelage. Il trembla à l'idée d'obéir à la dame. Le feu, c'était interdit. La dame avait grondé l'autre fois. Non, il n'irait pas. Il se cacha derrière le canapé, un meuble sécurisant, un rempart entre la chose qui dansait et lui. La chose, c'était le diable raconté dans les contes.

« Tu affectionnes la peluche, Valentin. Tu ne la quittes plus. Viens ici. »

Elle s'agenouilla. Elle écarta les élastiques et s'échina à maintenir le pied récalcitrant dans la pantoufle. Talon à l'extérieur. Elle y renonça.

« Tu feras attention en marchant. »

Elle s'assit.

« Viens. »

Lucas posa la main blessée sur l'accoudoir et la retira aussitôt.

« Quel empoté tu es par moments ! »

Elle le souleva et le cala dans les coussins à sa gauche.

« Jojo lapin part en vacances à la montagne avec maman lapin, papa lapin et sa sœur. Il est content. Il va apprendre à skier et passera la médaille du flocon. Tu as vu la neige sur les arbres, Valentin ? C'est comme chez nous dehors. »

Quelques pages plus loin, Lucas bloqua la feuille.

« Qu'est-ce qu'il y a ? Oui ! C'est un bonhomme de neige ! Tu l'as reconnu. Quel grand garçon tu es ! »

Quelques pages plus loin, Lucas refit le geste.

« Et là, il joue avec sa sœur à s'envoyer des boules-de-neige comme toi avec Micha. Tiens, on dirait que tes doigts ont enflé. Ils sont bleus. C'est la raison pour laquelle tu étais grognon. Ce n'est pas grave. Un peu de pommade d'Arnica. Le bleu disparaîtra. Je termine l'histoire et je te soigne. »

Huit pages lues. Fin du récit.

« Ne bouge pas, Valentin. Je range le livre et je rapporte la pommade. »

Lucas n'avait pas l'intention de bouger. Sauter comme un cabri ou faire des cabrioles ne l'intéressait pas. La douleur lui stoppait les envies. La dame le guérirait avec son remède. Il le comprenait. Il avait l'habitude avec Fatou ou maman.

« Montre-moi ta main. »

Émilie Richier dévissa le bouchon, appliqua directement la pommade sur la peau et revissa le bouchon. Elle fit pénétrer le produit en massant autour de la blessure, puis sur le mal. Lucas hurla et sanglota.

« Que tu es douillet ! Ce n'est qu'un petit bobo ! »

Lucas versait des torrents de larmes sous le frottement des doigts.

« Que tu pleures, cela ne m'empêchera pas d'arrêter, Valentin ! Sois courageux. Demain, tu me remercieras. »

Séance à l'image d'une torture.

Émilie Richier, pressée d'en finir, attrapa l'annulaire d'un mouvement brutal. Lucas hurla.

« Mon bébé, excuse-moi. Je n'y touche plus. Regarde, je pars ranger le tube » affirma-t-elle en se levant.

Sur l'étagère, elle récupéra Jojo lapin en vacances aux bords de la mer.

Lucas pleurait silencieusement. La douleur était pulsatile et lancinante. Il plongea son visage dans le lapin rose.

Assise sur la chaise à haut dossier, dos au feu, Émilie Richier ouvrit le livre. Elle souriait.

La grenouillère s'imbibait des pleurs de l'enfant.

47

L'image de Valentin s'effaçait peu à peu. Dans la brume matinale s'élevant au-dessus du lac, elle flottait, aérienne, telle un hologramme. C'était l'été. Juillet avait passé ; et ils étaient partis avec le flux aoûtien, pare-chocs contre pare-chocs, fuyant la canicule des villes, sur cette départementale qui les conduisait vers la montagne. Ils avaient soif de la fraîcheur des ruisseaux, de la senteur des gentianes qu'exhalaient les corolles jaunes d'or, de voir brouter les vaches dans les alpages et les chevaux comtois dans les prés.

Les yeux bleus de Valentin perdaient en intensité. Ils viraient au gris. Le gris d'une image floue, conséquence inéluctable de la disparition d'une substance.

La brume vaincue par le ciel bleu fit éclore le vide, l'absence du garçonnet. Des doigts agrippaient l'air. L'impuissance du geste. Seul résonnait dans cet enfer silencieux un appel au secours : « Maman ! Maman ! »

L'appel était puissant, ricochant entre les rochers bordant la rivière et les branches des épicéas. C'était une plainte surgissant du royaume d'Hades, une larve volcanique détruisant les certitudes, une lumière rouge qui vous attaque le nerf optique.

Émilie Richier se réveilla en sursaut, le cœur tambourinant dans sa poitrine — cent vingt pulsations à la minute —, la tête penchée vers le radio-réveil. Deux heures dix. Seulement deux heures qu'elle avait dormies. Elle n'aurait pas dû lire son livre jusqu'à la fin. Désir de connaître le dénouement. Une frénésie à avaler les pages, transformée en punition.

La plainte provenait du corps à côté d'elle. Lucas avait crié. Il gémissait à présent tel une bête agonisante. Elle le secoua. Il pleura. La douleur des doigts, aggravée par cette masse qui les avait touchés, n'était plus supportable. Il intensifia les pleurs. De gros sanglots appelant sa mère. Elle le berça tendrement. Elle le serra à l'étouffer.

Lucas hurla son désespoir.

Impuissante à le calmer, elle se précipita dans la salle de bains et revint avec le tube de pommade. Et Lucas redoubla d'ardeur à la torture du massage. L'impossibilité de plier les phalanges alerta la compréhension d'Émilie. Un profond sentiment d'impuissance la traversa ; sensation pénible qui la découragea. Elle douta de l'efficacité des médicaments rangés dans l'armoire à pharmacie. Soigner. Elle-même, en avait-elle les facultés ? Pourtant, elle devait être capable de soigner Valentin.

De nouveau, elle se leva. Enfilant à la hâte le pull de la veille sur la chemise de nuit, elle récupéra son sac à main dans l'entrée, alluma la cuisine et farfouilla dans le sac jusqu'à ce que sa main touchât l'emballage du Doliprane 500 mg. Elle lut la posologie. Elle cassa le comprimé en deux, écrasa une seule moitié entre deux cuillères à soupe, élimina encore une moitié en la poussant de l'index et renversa le restant de la poudre obtenue dans un verre. Elle ajouta de l'eau, sucra, remua et transvasa la solution dans le biberon.

Rassérénée par l'initiative, elle maintint Lucas en position assise et lui glissa la tétine dans la bouche entre deux hurlements.

Déglutition ardue.

« C'est très bien, Valentin. Bois. »

La douleur s'atténua petit à petit.

Elle contempla la blessure. Elle eut l'idée de pratiquer un cataplasme, espérant une guérison miraculeuse, une enflure diminuée avant l'aube.

Pommade – Coton à démaquiller – Foulard en guise de bande Velpo.

Elle le déshabilla entièrement et pratiqua le soin.

3 heures 30.

Elle le prit dans son lit. Elle le poussa vers le mur. Elle dormit du côté du vide de peur qu'il ne chute pendant son sommeil. Elle songea aux larmoiements des iris marron.

Pourquoi n'étaient-ils pas bleus ?

48

Il est des matins où on aimerait s'enfouir sous les couvertures, invisible au monde. Aujourd'hui en était un ; un de ces jours où on pressent le drame ; où on souhaite reculer les aiguilles de l'horloge, car on le sait, après, il sera trop tard, on ne pourra plus arrêter la marche du temps quoiqu'on décide de faire.

Émilie Richier avait des contractures dans le dos et dans les membres. Elles étaient dues à l'inconfort de ces quelques heures passées à dormir en évitant de bousculer l'enfant.

Lucas avait continué à gémir durant son sommeil malgré la potion avalée, un gémissement plaintif, par intermittence. Il gémissait encore, animal blessé réfugié dans sa tanière en position fœtale, le pull à l'odeur maternelle sous le nez. La douleur avait augmenté avec la fin de vie du médicament.

Elle appréhenda la crise de larmes au réveil.

Elle qui avait trouvé amusant de coucher l'enfant avec elle dans le lit deux personnes se sermonnait d'avoir eu une idée aussi farfelue. Idiote ! Crétine ! Sotte ! Elle flagellait son cerveau à lui avoir soufflé une solution aussi stupide.

Un enfant ne dort pas avec ses parents, pensa-t-elle en jetant un coup d'œil au radio-réveil.

6 heures 12.

Tu récoltes ce que tu as semé, Émilie. Une nuit blanche qui a anéanti les bienfaits des trois précédentes idylliques nuits. Maudite horloge interne, celle du boulot un jour de semaine.

Elle étira ses jambes et ce mouvement provoqua une crampe. Le mollet droit se contracta. La contraction musculaire fut d'une telle intensité qu'elle lui coupa la respiration. Elle massa la boule difforme, appuya dessus en remontant dans le sens veineux, et devant l'échec de la méthode, finit par poser le pied par terre.

Lucas bascula sur le dos. Il respirait la bouche ouverte, le nez bouché par les sanglots d'avant.

Émilie Richier, une jambe en dehors des draps, se mordit les lèvres pour ne pas gémir elle aussi.

Penser à un souvenir agréable permet de déplacer le point douloureux vers une autre partie du corps et d'atténuer de cette manière le mal.

Elle ferma les paupières. La plante du pied sur le parquet, elle concentra son énergie vers l'évocation de la cueillette des champignons à l'automne et du panier rempli de bolets jaunes. À l'image du champignon succéda celle des sapins, et à celle des sapins la vision d'une randonnée longeant une rivière, et à celle de la rivière un lac, et à celle du lac une succession de photographies qu'elle croyait enterrées dans son inconscient de femme adulte et responsable, pellicule d'un film d'horreur. Le cauchemar la hantait à nouveau, incrusté dans les cellules sensorielles. Elle ouvrit les yeux, la nuque raide, en sueur.

6 heures 43.

Deux pieds sur le plancher des vaches. Il était terminé l'envol morbide vers le passé. Valentin dormait près d'elle. C'était du concret.

7 heures.

Cafetière électrique bouton enclenché. Lait chocolaté dans la casserole. Mug. Pains au lait. Confiture de fraises. Biberon. Croquettes. Gamelle d'eau.

Lucas ne tarda pas à la rejoindre, le bandage dénoué derrière lui comme une traîne de mariée. Il avança, frissonnant, chaussettes lustrant le parquet à chacun de ses pas, mordillant le pull, le lapin tenu par une oreille.

Elle lui mit le pull.

Assis à la place que la dame lui avait attribuée, il tenait le biberon de la main valide. La dame l'aidait. Il but les yeux bouffis. Réflexe de succion, écho aux craquements des croquettes dans la gueule de Micha. Instinct de survie.

Elle contempla les doigts. Bouffis, comme les yeux, par une cause différente. Violacés. Aux articulations rigides. Moches. Elle les effleura. La grimace surgit, immédiate, comme une alarme envoyée par le cerveau en réponse à l'effleurement.

« Je n'y toucherai plus, mon bébé. Promis. »

Elle avala le café tiède et emporta Lucas dans le salon. La chienne s'y trouvait déjà.

Une partie de la matinée fut consacrée à rêvasser dans le canapé, à alimenter le feu, puis ce fut le déclic.

« On s'habille, Valentin, et nous filons au village. Le pharmacien nous vendra de quoi te guérir. Ta blessure ne gâchera pas notre Noël. »

La représentante en vins et spiritueux, adepte au maquillage et au coiffeur trahissant la résolution prise en début de mois, sortit échevelée, brut de décoffrage, le peigne ayant été inefficace à démêler la chevelure. Le manteau enfilé sur les fringues de la veille, elle tourna la clé dans la serrure, Lucas enveloppé dans un châle par-dessus son pull portant un jean acheté pendant les soldes d'été qu'elle avait eu l'idée de caser dans la valise — toile légère dans une taille trois ans, ourlet retourné sur les tennis humides.

« Dieu merci, il n'a pas neigé, Valentin, et j'avais déneigé en prévision de notre départ pour la Suisse. Les nuages ne sont pas menaçants. »

Elle le sangla dans le siège auto.

Les ornières du chemin ressemblaient à des sillons balisant une piste de ski. Avec prudence, la conductrice atteignit la départementale et roula jusqu'à « La Cluse et Mijoux », un village de basse montagne à 855 mètres d'altitude — elle l'avait lu sur le plan en cherchant la rue de la pharmacie.

11 heures 30.

Peu de passants.

— Oh ! Ce n'est pas joli, joli, petit homme. Je vous conseille d'aller à la maison médicale. Le docteur Rouvre saura mieux le soigner que moi. Il reçoit sans rendez-vous. Vous passerez à la fin des consultations.

— Où se situe-t-elle ?

— Ce n'est pas compliqué à y parvenir. Après l'église Saint Pierre, vous tournez à droite et vous continuez jusqu'au bout de la rue. Quand vous êtes à cet endroit, vous prenez la rue du Château, et vous allez apercevoir un parking sur votre gauche, environ trois cents mètres après que vous ayez tourné. La maison médicale est là. Je lui téléphone ?

— Inutile. Nous y allons de suite.

— Dans ce cas, il sera encore au cabinet.

Émilie Richier rallongea la laisse et la donna à Lucas, puis elle le prit dans ses bras et accéléra, indifférente aux habitations récentes qui côtoyaient les vestiges du quatorzième siècle.

Pas feutrés dans la poudreuse sur le trottoir non déneigé, Micha véloce à côté d'eux.

Une appréhension : trouver porte close.

49

Surprise de voir le lieutenant Duharec et le détective Grand sur son paillasson à onze heures, un mardi matin, elle avait blêmi.

Morgane n'arriva pas à déterminer si le malaise, à la limite de la syncope, résultait de leur arrivée à l'improviste ou de la honte à se présenter dans une tenue négligée avec un caleçon long qui moulait son gros cul, un pull ras de cou ample vert pomme qui lui arrivait à mi-cuisses, et des cheveux détachés tirant sur le jaune pisse de vache. Le professeur de musique à domicile n'était pas à son avantage, le contraire du glamour.

Madame Bremond leur souhaita la bienvenue en s'écartant de la porte d'entrée.

Le pavillon récent de plain-pied comprenait une vaste pièce de vie avec un séjour-salle à manger-cuisine à l'américaine — du lever au coucher du soleil, le couple vivait avec les odeurs des recettes préparées, un mélange subtil de café, de soupe et de graillon. En revanche, Morgane enregistra dans un de ses tiroirs méningés la maniaquerie de la maîtresse de maison. Celle-ci surveillait leurs déplacements de peur que le duo ne touche un objet ou ne salisse les tapis — elle avait des claquettes en guise de chaussures, ces dernières devant être soigneusement rangées dans un des meubles du vestibule.

Aucun piano dans cette salle d'environ soixante-dix mètres carrés qui aurait pu largement le contenir.

— Qu'est-ce qui vous amène jusque chez nous ? Vous êtes loin de votre commissariat, lieutenant. C'est au sujet de Lucas.

Elle y pense, songea Gilbert.

— Non. C'est à propos de vous. Il y a des blancs dans votre déclaration qu'il me faut combler.

— Si je puis me permettre, je vous ai répondu.

— Effectivement, cependant le brigadier Lechat, un collègue, a étudié le relevé de vos dépenses personnelles, Madame Bremond, et vous nous avez caché une partie de votre emploi du temps.

À ces mots distinctement entendus, l'hôtesse s'éventa avec un magazine récupéré sur un fauteuil, certainement celui qu'elle était en train de feuilleter lorsque Morgane avait sonné.

Grand admira la façon dont Morgane opérait. Il était présent sur la scène en tant qu'assistant de second ordre. Une roue de secours utilisable en urgence.

— Nous pensons, Madame Bremond, que la quantité d'élèves n'est plus ce qu'elle était. Est-ce exact ?

— Heu…

— Oui ou non ?

— Oui.

Le oui était faible. C'était le oui de la décrépitude engendrée par l'arthrose qui entraînait les fausses notes.

— Depuis combien de mois ?

— Deux ans et quatre mois. Je les ai comptés. À chaque rentrée scolaire, j'ai espéré un regain d'inscription, mais le carnet de rendez-vous est resté neuf, des cases vides. À soixante-deux ans, les gens imaginent que le doigté est moins bon et que les sonorités en pâtissent. Ce qui n'est pas vrai. La technique est primordiale. Sans la technique, le tempo est faux et la couleur du morceau se ternit.

— Et votre piano ? Je ne le vois pas.

— À côté. Suivez-moi.

Un magnifique piano à queue de la marque Steinway trônait en majesté au centre de la pièce. Le couvercle du clavier était fermé. Un seul banc devant les pédales, l'autre avait été relégué dans un coin.

Grand connaissait le nom du fabricant. Cher, souffla-t-il à l'oreille de Morgane.

Sur des étagères, une documentation riche : des livres sur la musique, des partitions empilées, des revues. De quoi enrichir les connaissances musicales des apprentis pianistes.

— Voilà.

La voix était chevrotante. La nostalgie d'un passé révolu. Heure de gloire finie.

— Comme vous le constatez, personne a joué ici depuis des lustres.

— C'est pourquoi vous déprimez, Madame Bremond.

— Vous savez ça aussi ?

— C'est notre métier, Madame Bremond, de savoir. Les antidépresseurs vous ont été prescrits en même temps ?

— Presque. J'étais mal depuis un moment. Moi qui étais concertiste jeune, ne plus avoir de clients, excepté les deux grands-mères chez qui je vais et qui n'oseront jamais changer de professeur — l'habitude comme on attend une amie pour le thé et la pâtisserie —, a entraîné une baisse de moral. Et s'apercevoir qu'on joue des morceaux avec peine, me cause du tracas. Mon fils n'est pas au courant de mes soucis de santé.

— Quels sont les jours de vos deux cours, Madame Bremond ?

— Le lundi et le mercredi. Pourquoi ?

— Pour vendredi, vous n'avez donc pas d'alibi.

— Oh, ce vendredi, j'étais dans l'impossibilité de venir. La veille, à la consultation avec mon psychiatre, j'étais tellement mal qu'il a changé mon traitement. Au lieu que j'avale des comprimés, il les a remplacés par des gouttes, et je me suis trompé dans le comptage au repas de midi. Au dessert, j'ai dit à mon mari que je m'endormais. Je bâillais. Je me suis allongée sur le divan pendant que mon époux buvait son expresso. Il est parti et je suis restée étendue. Lorsqu'il est rentré le soir, vers dix-huit heures, il m'a retrouvé au même endroit. Je dormais toujours. Il a tellement eu peur qu'il a téléphoné aux pompiers. Quand ils sont arrivés, j'étais sortie de cette torpeur, j'étais réveillée et ils sont repartis. Ils ont noté leur passage. Vous pouvez vous renseigner auprès de la caserne. Si j'avais su…

— Pourquoi ne pas nous l'avoir raconté avant ?

— Mais parce qu'il y avait Guillaume dans le bureau du capitaine !

— OK. Je peux voir le flacon.

Retour dans la cuisine. Lecture de l'ordonnance. Il manquait une sacrée dose.

Morgane inscrivit les coordonnées du toubib. Elle appela aussitôt. Alibi confirmé par la voix bougonne du psychiatre qui avait horreur d'être dérangé lors d'une séance de psychothérapie.

Le mobile de Grand retentit. Il s'écarta des deux femmes. Le regard complice qu'ils échangèrent n'échappa pas à la grand-mère de Lucas.

— Nous vous quittons, Madame Bremond. Votre médecin a corroboré vos propos. Vous passerez au commissariat enregistrer votre déposition.

Morgane et Grand l'abandonnèrent avec les angoisses et les interrogations.

— J'appelle Caroline, Gilbert. Que cela plaise à Jacques ou pas, elle doit savoir ce que tu viens d'apprendre.

— Il va faire la gueule.

— Tant pis.

— Sans compter que Alberto a endossé le rôle d'ange gardien. Il veille sur elle. Il ne la quitte plus.

— Un peu comme ta sœur, Gilbert.

— Ma foi, c'est un peu vrai. C'est toi le patron, Morgane.

— Allô, Caroline…

50

Caroline et Alberto les avaient attendus à la sortie de l'autoroute, la Peugeot 208 blanche garée sur le parking.

Dix minutes de perdues en embrassades et au repas.

Ils avaient dévoré les sandwichs préparés par Alberto : du saumon fumé accompagné de roquette et nappé de crème fraîche épaisse, poivre et ciboulette ciselée. Les bouteilles d'eau minérale, d'eau gazeuse et le thermos de café furent hautement appréciés.

Ils avaient cinq cents bornes à parcourir, autoroute et départementales comprises, coincés dans la bagnole, avec des pauses pour le changement de conducteur. La C 1 rouge de Morgane au moteur moins puissant que sa concurrente était en tête de ce convoi à deux véhicules.

Trajet de six heures. Arrivée dans le village la nuit.

Cannelle n'était pas du voyage. « Sage décision » avait proclamé Grand. Le maître avait répondu : « Elle aurait été beaucoup trop fatiguée. La pauvre bête n'aurait pas pu se reposer. Un aller-retour en douze heures. Je ne pouvais pas lui imposer un tel supplice. Elle dormira chez Bernard si nous ne rentrons que demain. »

— Sais-tu ce que signifie « demain » chez Alberto, Morgane ?

— Si le séjour est prolongé, il a prévu.

— Comment ça, prévu ?

— Dans le coffre de la 208, il y a une valise, celle qu'il emporte avec un minimum d'affaires au cours d'une escapade en amoureux avec Bernard. Il n'aime pas être pris au dépourvu. Il a un change, un nécessaire de toilette, et j'ai oublié le reste.

— Le kit de survie façon Alberto !

— Exactement !

Monotonie. Une route rectiligne. Des montées et des descentes.

Paysage vu par un trou de souris tellement l'horizon était bouché devant eux.

Enfin la sortie et le début des virages.

À 18 heures 04, Morgane cogna sur la porte du toubib. Les quatre s'attendaient à un vieux médecin de campagne à la peau parcheminée, lorgnon et crâne dégarni, ils se trouvèrent devant un jeune à la vitalité non encore éprouvée par l'usure de la solitude rurale, un trentenaire dévoué à sa patientèle, à la face large et bronzée et au nez plutôt court sans barbe ni moustache, sans signe particulier sur ce visage souriant. Il leur tendit la main. Une poigne robuste aux doigts fins, un corps musclé dans des vêtements adaptés à l'altitude, ils l'imaginèrent en sauveteur montagnard crapahutant tel un bouquetin vers le blessé.

Le docteur Rouvre, c'était son nom, les dirigea vers la salle d'attente, estimant que la surface de son cabinet de consultation était exiguë.

Chacun, sur sa chaise paillée, écoutait la confession, oubliant d'admirer les photographies sur les murs de la flore environnante prises en macro et de lire les feuillets publicitaires punaisés sur un tableau en liège.

— Ce matin, j'ai reçu un jeune enfant pour une fracture de la main droite, l'annulaire et l'auriculaire, et j'ai émis un doute sur la filiation du petit.

— Quel âge environ ? demanda Morgane qui s'imposa d'emblée en tant qu'interlocutrice principale.

— Je dirais dans les deux ans, guère plus. La mère ne possédait pas le carnet de santé. Je n'ai pas pu vérifier son suivi médical ; en revanche, avant de quitter le cabinet à midi, je me suis souvenu qu'après avoir introduit la carte Vitale, je lui avais demandé son autorisation à consulter le DMP, le dossier médical partagé, et elle a tapé les codes d'accès bien qu'elle fût pressée. Elle avait hâte de rentrer chez elle. Elle avait peur que la route soit impraticable en cas d'averse neigeuse. Sur le moment, ma priorité a été de soulager l'enfant qui souffrait beaucoup.

— Et vous l'avez laissé partir.

— Oui. Je n'avais aucune justification à la retenir dans mon cabinet. La page internet était toujours affichée sur l'écran de mon ordinateur et là, j'ai compris ce qui m'avait intrigué. Aucune consultation depuis plus de quatre mois. En période hivernale, c'est exceptionnel qu'un enfant ne soit pas malade, surtout à cet âge où la promiscuité dans les crèches favorise la contagion. Et puis, il y avait autre chose.

— C'est-à-dire ?

— Le visage du petit. J'avais la sensation de l'avoir déjà vu. J'ai réfléchi au cours du repas et j'ai percuté. Je l'avais vu dans le journal. Il ressemblait à s'y méprendre à l'enfant disparu.

— L'adresse ?

Le Docteur Rouvre se tourna vers Caroline.

— Malheureusement, je n'ai que celle du dossier partagé et je ne crois pas que cela soit suffisant pour vos recherches.

— Deux minutes, j'appelle mon capitaine.

Morgane s'éloigna du groupe et conversa dans le couloir.

— Jacques confirme. Lui et le brigadier Lechat sont retournés au domicile d'Émilie Richier où personne ne répond. Le nom de votre cliente, Docteur ?

— Attendez, je consulte le fichier client sur mon ordinateur.

Trois minutes insoutenables. Caroline se tordit les doigts d'impatience. Alberto l'étreignit par l'épaule.

— Le patronyme est identique.

— C'est elle ! C'est la femme qui a enlevé mon fils, Morgane !

— Calme-toi, Caroline. Lucas est vivant et en bonne santé. Nous venons d'en avoir la preuve. Nous allons le retrouver. Y a-t-il une personne qui pourrait connaître cette Émilie Richier dans le village, Docteur ?

— Mon prédécesseur, certainement, s'il était encore vivant, mais il est décédé, d'où ma présence ici.

— Et du côté des anciens ?

— Les vieux du village ?

— C'est cela.

— Attendez que je réfléchisse. Il y a la vieille Marguerite Schneiberg, une Alsacienne de quatre-vingts ans qui est en forme. Sa mémoire n'a pas pris une ride. Elle achète son pain tous les jours à la boulangerie en face de l'église. Si elle a croisé votre femme et qu'elle la connaît, elle en aura parlé à la boulangère. Dépêchez-vous, elle ferme bientôt son magasin.

— Nous vous remercions. Nous vous dirons ce qu'il en ait.

— Fonçons ! clama Alberto qui était déjà dehors avec Caroline.

Le Docteur Rouvre referma la porte derrière le groupe en songeant que la police d'aujourd'hui avait de drôles de postulants.

51

La vieille Marguerite Schneiberg avait la langue facile à délier. À ceux qu'elle croisait, elle avait raconté que la petite Émilie était de retour au pays. Deux ans qu'elle ne l'avait pas vue. Elle avait changé. « La maternité, ça vous métamorphose une femme » avait-elle dit à la boulangère.

Forte de cette information, il avait fallu passer par la case gendarmerie, ce qui n'était pas dans les goûts d'Alberto. Il se voyait souffler sous le nez la résolution de l'affaire par un groupe d'étrangers.

Coup d'œil circonspect sur les trois véhicules qui se garaient à la queue leu leu derrière la DS 5. Que venaient faire ces gens chez elle à cette heure tardive ? Elle allait souper avec Valentin. Le dîner refroidirait ; c'était embêtant.

Trois coups secs sur la porte en bois ébranlèrent les cloisons. Micha aboya.

La porte s'ouvrit sur les uniformes bleus. Émilie Richier ne put esquiver leur façon de pénétrer en guerrier vainqueur d'une guerre dont elle n'avait aucun souvenir.

Lorsque le soleil se couche, que la lune commence à être lumineuse et que les étoiles l'entourent, l'univers est disproportionné. L'esprit rentre dans sa coquille. La souffrance, quant à elle, est exacerbée ; elle prend de l'ampleur et explose dans le crâne.

D'instinct, Émilie Richier attrapa Lucas et le serra contre elle.

Caroline pleura de joie et de peur.

Alberto, bouleversé, s'était transformé en statue de glace.

Gilbert retint Morgane par le bras.

Ne pas sortir les flingues.

Ne pas effrayer l'enfant.

Les deux gendarmes évaluèrent immédiatement le mental de la femme.

Les gendarmes.

Une fracture dans le passé qui ébranle la conscience.

Les chaussures manquent le tronc posé dans la vase ; le tronc qui sert de pont ; un pont entre le monde des adultes et celui de l'imaginaire. Valentin joue. Il avance en s'aidant avec ses mains et en poussant avec ses pieds. C'est un pirate des Caraïbes qui part à l'assaut d'une caravelle ; c'est un Amérindien qui vogue sur le Mississippi ; c'est, allez savoir qui, lui seul connaît le personnage qu'il incarne, celui des histoires du grand livre que sa mère lit chaque soir avant de s'endormir. Ses yeux bleus pétillent de malice. Il n'a pas peur d'avancer sur le bois à l'écorce rugueuse, sa mère non plus. L'enfant ne craint pas le danger imminent, il a pied. Trente centimètres d'eau au-dessus de ce sol recouvert de vase. Et puis, soudain, ce sont les doigts qui loupent l'accrochage, c'est le pied qui glisse, et le corps qui bascule, tête la première dans un monde aquatique, celui que Valentin découvre. L'univers sans pitié remplit les poumons de son eau verdâtre, légèrement nauséabonde. Il ouvre la bouche pour appeler sa mère au lieu de la garder close. Il tend les bras et serre dans ses mains le végétal visqueux. Il n'a pas le temps de voir sa mère qui se lève d'un bond. Il n'a pas le temps d'entendre le cri. Il n'a pas le temps de comprendre pourquoi ces deux bras l'arrachent de la vase. Il n'a pas eu le temps de sentir son corps inerte contre la poitrine aux mamelles nourricières. Les pupilles de Valentin ne brillent plus. Il a le regard vitreux et les lèvres vertes. Il a avalé le poison crée par l'eau stagnante, là où le lac s'était retiré depuis le mois de juin, laissant derrière lui une sorte de mare grouillante de larves. Un monde clos. La tristesse coincée dans la gorge. Le malheur qu'on refoule. La vérité qu'on nie. Valentin, noyé dans un verre d'eau, noyé dans à peine trente centimètres de flotte.

L'angoisse lui noua l'estomac. Émilie Richier poussa le hurlement de la bête apeurée.

Des images.

Des sons.

Le déni de la mort venait d'être vaincu.

Elle posa Lucas.

Caroline se précipita. La mère et le fils, deux affamés de tendresse engloutissant la chaleur de l'autre.

La tristesse avait changé de camp.

52

Dans le bureau de Dupuis, Émilie Richier avait les bras croisés sur la poitrine. Recroquevillée sur la chaise, elle essayait vainement de chasser de son esprit fragilisé « L'Insoutenable ».

La partie gauche de son cerveau ignorait la partie droite ; un cerveau divisé en deux hémisphères où les connexions neuronales n'étaient plus fonctionnelles. Le fil conducteur avait été sectionné avec le décès de Valentin, son fils ; et le malheur s'acharnait sur elle pour la deuxième fois, pareil à une profonde crevasse ; et elle avait glissé, glissé jusqu'aux enfers.

Interminable interrogatoire qui rétrécissait la pièce. Les murs semblaient vouloir l'emprisonner, la contraindre à accepter ce déferlement tempétueux qui se nomme « Vérité ».

Les mensonges étaient-ils réellement tels que Dupuis les percevait ? À eux seuls, ils formaient une forteresse. Les boulets de canon envoyés par Dupuis la percutaient seconde après seconde sans ébranler la conviction de la femme face à lui.

Inflexible dans les réponses, Émilie Richier, prostrée, demeurait figée dans la métempsycose. Valentin vivait en Lucas ; elle avait vu son âme dans les iris de l'enfant en dépit du changement de leur teinte. Tous, ils avaient eu tort de le lui subtiliser. La tempête grondait dans son cœur et dans ses pensées.

La psychanalyse durerait tant que persisterait la certitude.

Remerciements

Vous avez aimé l'enquête du détective Gilbert Grand. Vous pouvez aider l'auteure et lui donner un petit coup de pouce en laissant une note et un commentaire sur le Web. Je vous en remercie d'avance. Les enquêtes de Gilbert Grand continuent l'année prochaine.

Contacter l'auteur :
www. ladydaigre. jimdo. com
e-mail : martine.daigre@gmail.com

La série Gilbert Grand

La mort s'invite au Vatican, éd. Books on Demand 2 019
Le haras maudit, éd. Books on Demand 2 019

La série Dorman-Duharec

Mortel courroux, éd. Books on Demand 2 018
Trois dossiers pour deux crimes, éd. Books on Demand 2 017
Lettres fatales, éd. Unicité 2 017
La mort dans l'âme, éd. Books on Demand 2 015